KB188789

나는 그날에
머물러 있지 않았다

나는 그날에 머물러 있지 않았다

최춘애 지음

가온미디어

부끄러운 과거에서 인도하신 하나님

이 책을 발간하게 하신 하나님께 먼저 감사와 찬양과 영광을 돌립니다. 너무나 부족한 저이기에 제 삶을 이야기하는 것이 참으로 부끄럽습니다.

저는 1살 때 소아마비로 인해 걷지 못하게 되었고, 많은 차별과 어려움을 겪었습니다. 더구나 초등학교 교육만 받은 부끄러움이 있었기에 제 어려운 삶을 상상하지 못했을 많은 분들에게 더욱 제 이야기를 하고 싶지 않았습니다.

23살 때 예수님을 만나기 전까지 "하필이면 왜 내가 장애로 평생 살아야 하는지" 하나님을 원망하며 한없이 울었던 때가 있었습니다.

그로인해 좌절과 절망으로 자살 시도까지 했던 정말 숨기고 싶었던 잘못된 과거가 있었습니다.

그러나 저를 위해 십자가에서 죽으신 예수님을 만나고, 그분의 기적을 체험한 후 뒤돌아보니, 부끄러움보다는 하나님의 사랑과 은혜가 훨씬 크고 많았음을 깨달았습니다.

하나님은 항상 눈동자처럼 지켜주시고 새 힘과 능력을 주셔서 제가 만학으로 69세에 대학원 음대 피아노과를 졸업케 하시고 꿈의 무대인 카네기 홀에서 연주할 수 있는 자리까지 인도하셨습니다.

최춘애 선교사

이제 저는 이 놀라운 하나님의 섭리와 사랑, 은혜를 담대히 증거하고 싶습니다.

저와 같이 어려운 상황에 처한 많은 장애인들과 마음에 장애를 안고 좌절하고 낙담하여, 심지어 자살을 생각하는 사람들을 보았습니다.

그런 분들에게 부족하지만 이 책에 담긴 저의 삶을 통해 힘을 얻기 원하며 무엇보다도 하나님을 만나시기 원합니다.

예수님은 그토록 절망의 구렁텅이에서 몸부림치며 헤어나지 못하던 저를 위해 죽으셨고, 그 주님을 믿은 저를 영육간에 치유해 주셨습니다.

영원히 멸망할 수밖에 없었던 제가 구원을 받고, 영원한 생명으로 인도받은 이 놀라운 은혜는 평생 갚아도 갚을 수 없는 은혜인 것입니다.

하나님은 저에게 장애인들에게 복음을 전하는 사명을 주셨고, 그 부르심에 순종하여 장애인 선교를 감당해 왔습니다.

장애인 선교를 하면서 알게 된 사실은, 장애인뿐만 아니라 그들의 부모들 역시 심각한 문제와 고통 속에 살아가고 있다는 것입니다.

일부 장애인들은 인간으로서의 존엄을 유지하기 어려운 극심한 환경 속에 처해 있는 경우도 많았습니다.

이 책을 통해, 절망과 낙담 속에 있는 분들께 소망과 용기를 전하고 싶습니다. 더 나아가, 사회적으로 장애인들이 차별받지 않고, 그들의 복지가 더 나아지기를 간절히 바랍니다.

뒤돌아보니 하나님은 저를 한자리에만 머물지 않게 하시고, 항상 더 나은 곳으로 인도하셨습니다.

초등학교 졸업에서 69세에 대학원 졸업으로, 한국에서 미국으로, 믿지 않던 사람을 선교사로, 그리고 피아노 공부까지 거부당했던 장애인에서 카네기 홀 연주 피아니스트로 한자리에만 머물지 않게 하시고 더 나은 곳으로 이끄셨습니다.

하나님은 장애로 겪었던 모든 고난과 역경, 눈물과 차별, 자살 시도까지도 했던 저를 그 어두운 자리에 머물게 하지 않으시고, 손을 잡고 더 나은 곳으로 이끌어주셨습니다.

절망과 시련의 광야 같은 삶 속에서도, 불기둥과 구름기둥으로 이끌어주신 하나님께 감사와 찬양, 영광을 돌립니다.

하나님께서 예비하신 길을 따라왔을 때, 수많은 하나님의 사람들께서 저를 도와주셨습니다. 장애인 사역을 후원해 주신 모든 분들에게 다시 한번 진심으로 감사드립니다.

특히 하나님은 소외되고 외로웠던 저에게 사랑의 가정을 마련해 주셨습니다. 저를 이해하고 지금까지 사랑으로 도와주고 기도해준 남편 임성호 목사, 그리고 엄마의 못다한 꿈을 이룰 수 있도록 도와준 두 아들 임창수, 임영수에게도 깊은 사랑을 보냅니다.

40년 만에 다시 만난 이은미 권사는 책을 쓰라고 강하게 추천한 장애인 친구입니다. 마음을 결정하기까지 끈질기게 권면했던 친구에게 고마움을 전합니다.

책을 발간하도록 귀한 도움을 주신 이은미 권사님, 이영호, 이죠앤 목사님 부부, 이지니 집사님, Curtis Suh , Mia Suh, 진심으로 감사드립니다. 그리고 박인옥 선생님, 앤드류 박 교수님 두 분의 가르침에 다시 한번 감사드립니다.

이 책 발간에도 많은 수고를 해주신 전 중앙일보 시애틀 지사 편집국장 이동근 장로님께도 감사드립니다.

2024년 9월 라팔마에서

역경을 이기고 승리한 감동의 삶

이 세상을 살아가면서 크고 작은 일들에 감동을 받을 때, 마치 새로운 세상이 열리는 듯한 경험을 하게 됩니다. 그러나 다람쥐 쳇바퀴 돌듯 바쁘게 돌아가는 일상 속에서 그런 감동을 느끼는 일은 그리 흔치 않은 것이 현실입니다.

그런데 이번에 책을 출간하신 최춘애 선교사님은 자신의 삶을 통해 많은 이들의 마음에 잔잔한 파문을 일으키는 분입니다.

그녀의 삶의 이야기는 모두에게 신선한 감동을 전해주리라 믿습니다.

최춘애 선교사님을 알게 된 지도 벌써 30여 년이 훌쩍 흘렀습니다.

굽이굽이 굽어진 인생의 길을 지나며, 낙심하거나 절망하거나 포기하지 않고 굳건히 신앙으로 역경을 이겨내고 찬양으로 승화시킨 그녀의 삶은 우리에게 참신한 도전을 선사합니다.

나태주 시인이 '풀꽃'이라는 시에서 "자세히 보고 또 오래 보면 세상 모든 것이 다 사랑스럽다"고 이야기 했듯 찬찬히 그녀의 삶의 이야기에 귀 기울이면 그 안에서 우리는 고뇌하는 인생에게 찾아오시는 하나님의 사랑과 은혜와 더불어 역경을 이기고 승리한 그녀의 삶을 통해 많은 것들을 느끼고 배우게 됩니다.

박병섭 목사
(샌디에고 사랑교회 담임목사,
대한예수교장로회 국제총회 7대 총회장 역임)

더불어 그녀의 도전정신은 나이를 뛰어넘어 우리 모두가 배워야 할 점입니다.

이번 책을 통해 그녀의 삶에 스며든 이야기들을 접하며, 우리 모두가 새로운 도전과 영감을 받기를 바랍니다.

육체적 장애를 극복하고 승리한 그녀의 이야기는, 마음의 장애를 안고 살아가는 많은 사람들에게 새로운 용기와 희망을 전해줄 것입니다.

또한 나이를 모르는 그녀의 도전정신은 우리 모두가 배워야 할 점입니다.

이번에 그녀의 삶에 스며든 이야기들을 통해 우리 모두 한껏 고무되기를 원하고 우리의 삶 또한 아름다운 여정으로 변화되기를 소원합니다.

육체의 장애를 이기고 승리한 그녀의 이야기를 통해 수많은 마음의 장애를 가지고 살아가는 많은 사람들이 새로운 도전에 성공할 수 있기를 기대해 봅니다.

하나님의 크신 은혜와
능력을 증거하는 아름다운 이야기

최춘애 선교사님의 삶은 그 자체로 하나님의 크신 은혜와 능력을 증거하는 아름다운 이야기입니다.

소아마비로 인한 어려움을 넘어, 그녀는 피아니스트로서의 탁월한 재능을 통해 하나님을 찬양하고, 많은 이들에게 위로와 소망을 전하는 귀한 통로가 되었습니다.

그녀의 자서전은 단순한 삶의 기록을 넘어, 하나님의 손길이 어떻게 개인의 삶을 변화시키고, 그분의 영광을 드러낼 수 있는지를 생생하게 보여줍니다.

최 선교사님의 이야기 속에서 우리는 진정한 신앙의 힘과, 장애를 극복하고 하나님의 사랑을 전하는 헌신적인 삶의 본보기를 발견할 수 있습니다.

그녀의 깊은 믿음과 끊임없는 열정은 모든 이들에게 영감이 될 것이며, 이 자서전을 읽는 모든 이들이 하나님의 살아계심을 다시 한번 깨닫게 될 것입니다.

최춘애 선교사님을 지도했던 교수로서, 그녀에 대한 자부심은 말로 다 표현하기 어렵습니다.

Dr. Andrew Park
(아주사 퍼시픽 대학교 음대 교수)

아주사 퍼시픽 대학교에서 그녀가 보여준 학문적 열정과 신앙적 헌신은 모든 교수와 동료들에게 깊은 감동을 주었습니다.

소아마비라는 신체적 어려움에도 불구하고, 최 선교사님은 결코 포기하지 않고 하나님의 부르심을 향해 나아가는 모습을 보여주었습니다. 그녀의 삶은 한계에 도전하고, 오직 하나님의 영광을 위해 자신의 재능을 기꺼이 사용하는 진정한 제자의 모습이었습니다.

특히 음악을 통한 그녀의 섬김과 선교적 비전은 학생들에게 영적, 예술적 영감을 주었고, 저 또한 그녀의 신앙 여정에 함께할 수 있어 큰 영광이었습니다.

최춘애 선교사님은 하나님의 계획을 실현하는 삶을 살아가는 훌륭한 피아니스트이자 선교사로서, 앞으로도 수많은 사람들에게 하나님의 사랑과 은혜를 전하는 도구가 될 것임을 확신합니다.

그녀가 걸어가는 길을 바라볼 때, 참으로 자랑스럽고 감사한 마음이 듭니다.

"Amazing Grace" 하나님의 은혜

"Amazing Grace", 하나님의 은혜. 이 한마디가 최춘애 선교사님을 알고 지내온 지난 42년을 한마디로 요약할 수 있을 것 같습니다.

제가 선교사님을 처음 만난 것은 선교사님이 아직 젊은 나이, 아마 27세쯤 되었을 때였습니다. 그때의 첫 인상은 조금 어둡고 경계하는 듯한 눈빛을 하신 분이었죠. 지금의 밝고 활기찬 모습과는 사뭇 다른 모습이었습니다.

며칠 후, 선교사님이 힘겹게 목발을 짚고 오셔서 첫 레슨을 시작하던 때를 잊을 수 없습니다. 저는 큰 놀라움과 의아함을 느꼈습니다. 피아니스트에게 페달은 제삼의 손이라고 할 정도로 중요한데, 어떻게 이분이 그동안 피아노를 치시고 독주회까지 여셨을까 궁금했습니다.

페달을 밟고 싶을 때는 무거운 물건으로 눌러 놓기도 하고, 선생님께서 직접 페달을 밟아 주실 때는 손만으로 피아노를 치셨다는 이야기를 들었을 때, 마음이 아팠습니다.

동시에 이분을 어떻게 가르쳐야 할까 하는 무거운 마음도 들었습니다. 그러나 선교사님의 큰 재능과 음악에 대한 열정을 보며, 저 또한 부족하지만 하나님의 지혜를 구하며 도움을 드리고자 했습니다.

박인옥 피아니스트

　그 후 오랜 세월 동안 선교사님은 말로 표현하기 힘든 고통과 스스로와의 싸움을 견뎌내셨습니다. 그리고 하나님의 은혜로만 설명할 수 있는 기적이 일어났습니다.

　왼발에 조금씩 힘이 생겨나는 것을 보며, 살아계신 하나님의 역사하심에 놀라움을 금치 못했습니다.

　선교사님은 무언가를 지적해 드리면 이를 개선하기 위해 끝없는 노력을 기울이셨고, 결국에는 반드시 이루어내셨습니다. 왼발로 페달을 밟으시면서 몸이 뒤틀리고 불편한 자세임에도 불구하고 곡들을 완성해 내시는 그 눈물겨운 노력은 하나님만이 아실 것입니다.

　이제, 기적과 같이 이루어낸 음악 석사 학위를 따기까지 겪으신 힘겨운 여정은 하나님의 동행하심, 즉 '그분'의 역사이며 기적이자 사랑이라고 생각합니다.

　이 책을 통해 수많은 장애를 겪고 계신 분들, 꿈을 이루려다 장애물에 부딪쳐 좌절하고 계신 분들이 선교사님의 삶을 귀감삼아 용기를 얻고, 다시 도전하는 힘을 얻게 되시리라 믿습니다. 이 책을 추천 드립니다.

하나님의 시간!

이은미 권사

소아마비 장애인! 세상에서는 나와 친구를 이렇게 부르지만, 하나님께서는 우리를 '하나님의 소유된 백성'이라고 불러주신다. 이것이야말로 진정한 축복이다.

미국에 이민 와서 첫 만남 이후 2년 동안 함께 사역을 했다. 이후 각자 Orange County와 LA County에서 열심히 최선을 다해 살아가다가, 40여 년 만에 O.C에서 다시 만났다.

그녀는 '인간극장'의 주인공이다.

가정주부로, 피아니스트로 — 69세에 석사 학위를 취득하고, 발로 페달을 눌러야 하는 어려움을 극복한 사람이다. 또한 한국과 미국을 오가며 장애인을 위한 사역자, 교회의 반주자로 살아가고 있다.

내가 눌러보는 도레미와 친구가 누르는 도레미 소리가 왜 이렇게 다르게 들릴까? 그것은 내주하시는 성령님의 소리다.

낮은 톤의 목소리로 상대의 마음을 편안하게 해주는 그녀. 차분함, 믿음의 확고함, 사랑과 공의가 마르지 않는 강처럼 흐르는 그녀의 삶을 보며 하나님의 시간에 우리는 다시 만나게 되었다.

행복한 가정을 보면 더 이상의 설명이 필요 없다. 남편 목사님의 훌륭한 내조와 외조, 그리고 두 아들이 어찌나 훌륭하게 자랐는지, 어머니를 향한 그들의 마음을 들을 때마다 경탄을 금치 못한다.

내가 원했던 영과 육으로 모두 성공한 장애인의 삶을 그녀는 당당하게 살아냈고, 지금도 그렇게 살아가고 있다. 그런 모습이 부럽기만 하다.

믿음으로 장애의 어려움을 극복해 낸 이 아름다운 삶의 이야기가 이렇게 묻혀 있어서는 안 된다.

내가 친구의 이겨낸 아픔을 이해하는 것과 다른 이들이 이해하는 것은 분명 차이가 있다. 육신으로 겪어야 하는 아픔이 나의 아픔이요, 그 과정을 이겨내며 이루어가는 목표들은 가슴이 터질 듯한 나의 승리이다.

내가 승리한 이 위대함인데 어찌 묻어 두어야 하는가? 들고 버려서는 안 되는 일이다. 사장되어서는 안 되는 것이다.

하나님께서 하시는 일을 세상에 널리 알려야 한다는 마음이 강하게 일어난다.

나의 이 마음은 하나님의 신실하심과 같이 변치 않는 마음임을 감히 말하고 싶다.

모든 사람들이 읽을 수 있도록 책을 쓰자고 권면하는데 웃기만 하던 그녀였다. 하지만 나도 포기하지 않고 끈질기게 설득한 끝에, 마침내 친구의 마음의 문이 열렸다.

그렇다. 우리는 '하나님의 시간'에 다시 만났고, 하나님은 지금도 일하고 계신다.

정결하고 거룩한 주님의 신부로서, 성령의 기름과 진리의 빛이신 말씀의 등불을 들고 곧 오실 신랑 되시는 주님을 사모하는 설레는 마음으로, 이 삶의 고백으로 역사하실 주님을 기다린다.

나는 '하나님의 시간'을 살아간다.

─하루하루가 영원한 하나님 나라를 맛보는 카이로스의 시간이 되게 하소서.─

"이는 내 생각이 너희의 생각과 다르며, 내 길은 너희의 길과 다름이니라. 여호와의 말씀이니라. 이는 하늘이 땅보다 높음같이 내 길은 너희의 길보다 높으며, 내 생각은 너희의 생각보다 높음이니라." (이사야 55:8-9)

차례

contents

"하나님이 마련해 주신
사랑의 가정"

하나님은 소외되고 외로웠던 저에게
사랑의 가정을 마련해 주셨습니다.
저를 이해하고 지금까지 사랑으로 도와주고
기도해준 남편 임성호목사,
그리고 엄마의 못다한 꿈을 이룰 수 있도록 도와준
두 아들 임창수, 임영수에게 깊은 사랑을 보냅니다.

하나님이 맺어준 우리의 아름다운 결혼 사진

18

APU 대학원 피아노과
졸업식 때
가족의 축하를 받고 있다.

APU 대학원 졸업식 때
학장님과 함께

24년 APU 대학원 졸업연주회 후 가족, 교수, 친지들의 축하를 받고 있다.

둘째 아들
대학졸업식

임성호 목사
안수식 때
가족들이
축하하고 있다.

21

'IAPMT' 2023 콩쿨대회에서 Grand
Prize 입상 후 기념 사진.
왼쪽 남편 임성호 목사,
오른쪽은 박정범, 박옥순 집사부부.
나의 음악 팬으로 연주가 있는 곳은
어디든 오셔서
축하와 응원을 해주신다.

세종 사이버 대학
졸업 때.
왼쪽부터 곽윤정 교수,
박목인 사모님과 딸,
조주현 사모,
임성호 목사,
김양원 목사

2024 봄 APU 대학교에서
남편과 함께.
남편은 대학원 켐퍼스에서
나를 휠체어에 태워 강의실마다
데려다 주고 기다리는 등
사실상 같이 학교를 다녔다

2019년 Fullerton college 연주회 후 기념사진. 남편과 둘째 아들과 친구, 교수 등과 함께

미국 오기 전 한국 대천 해수욕장을
보조기를 착용하고 걸었다.

2006년 아이들이 처음 한국 방문했었을 때
MBC 뉴스데스크 진행 테이블에서

내가 만난 예수님을 전하는 장애인 사역

차별받아 상처받고 낙심하고 있는 어려운 장애인들은 그 어떤 말보다도
실제로 그들과 같은 장애인인 내가, 한때 차별을 받고 자살까지 시도했으나
예수님을 믿고 새사람이 되어 기적을 체험하고
피아노를 연주하는 모습을 통해 용기를 얻었다고 말하고 있다.

예배 후 장애인들을 위해 개인 기도를 해주고 있다.

◀2005년 엘림장애인 선교회 주최
여름산상집회에서
두 아들과 함께 찬양 인도를 했다.

제1회 장애인 후원 연주회 때 교수와 함께

여수 애양원병원 공원에서
함께 찬양하고 있다

◀Happy Day (장애인 1일 여행)
참가자들의 즐거운 모습

27

최춘애 선교사가 한국 구라선교회에서 한센병을 앓은 장로님들과 이야기 하고 있다.

화요 성경공부 팀 필랜 우리 집 방문

▶ 최춘애 선교사가 예배 후
손이 없는 장애인을 껴안고
간절히 기도를 해주고 있다.

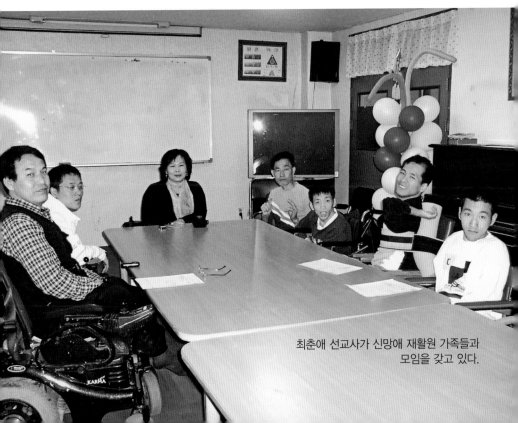

최춘애 선교사가 신망애 재활원 가족들과
모임을 갖고 있다.

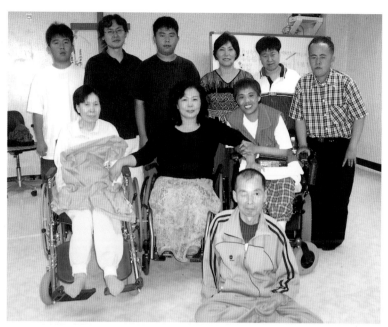

2007 강원도 양양 시설에서

한국장학 선교회 후원 음악회 끝나고 기념사진

대학원 장학 후원을 해주신
이지니 집사

선교회 주일 예배

내가 표지로 소개된
'새하늘 새땅' 월간 신앙지
2005년 11월호.

그레이스랜드 찬양, 기도, 만남의 시간 예배 후 단체사진

1부

걷지 못하는 나를
인도하신 하나님

01 69세에 이룬 미국 대학원 졸업

음악대학만의 졸업식에서 총장님의 축하 연설이 특히 가슴 깊이 남았다.
"너희들은 중요한 사람이고, 할 수 있고, 이미 해냈으며 앞으로도 너의 꿈을 실현할 것이다"
이 말씀은 마치 내게 주어진 것 같았다
총장님은 이어 말씀하셨다. "만약 너희들이 몇 년 후 나를 찾아온다면 나는 아마 양로원에 있을 것이다. 그때도 나를 만나주길 바란다. 너희들은 중요한 사람이다. 해낼 수 있을 것이다. 왜냐하면 하나님이 하셨기 때문이다."

"이게 꿈인가, 생시인가?" 정말 믿기지 않았다. 이 날을 얼마나 기다려 왔는가. 그 고대하던 꿈이 진정 이루어진 것인가?

"이 모든 것은 하나님이 하셨습니다. 나의 힘과 능력으로는 도저히 오늘을 만들어낼 수 없었습니다. 하나님이 시작하셨고, 하나님이 오늘을 완성하셨습니다." 감사의 기도가 저절로 흘러 나왔다.

2024년 5월 4일, 캘리포니아 오렌지 카운티 라팔마(City of La-Palma)에 있는 집을 떠나 아주사(Azusa)에 위치한 아주사 퍼시픽 대학교(APU, Azusa Pacific University)로 가족과 함께 떠났다.

이날은 아주사 대학원 전체 졸업식이 있는 날인데 내가 음악대학원에서 피아노과 (Piano Performance) 학위를 받는 기쁜 날이었다.

소아마비로 다리를 못 쓰는 장애로 인해 초등학교 교육만 받았던 나는 초등학교 졸업 후 40년 만인 51세에 만학으로 중학교 검정고시 공부를 시작했다.

그리고 2007년 중학교, 2008년 고등학교 졸업 학력 검정고시에 합격했다. 2018년에 대학을 졸업하고 드디어 오늘 대학원을 졸업하게 되었다. 지금 69세이니 여기까지 18년이나 걸렸다.

APU 대학원 피아노과 졸업식 때 가족의 축하를 받고 있다.

오후 2시부터 열린 아주사 퍼시픽 대학교 (APU)의 2024년 봄 졸업식에는 피아노 학과 30명을 포함한 음악대학 학생 300여명 등 984명의 학생들이 졸업했다.

학사 414명, 석사 454명, 박사 35명 등 각자의 길에서 열심히 노력해온 학생들이 함께한 자리였다.

1899년에 설립되어 역사가 125년이 되는 아주사 대학은 특히 "God First" 즉 "하나님이 최우선" 이라는 모토를 가지고 있는 유명한 기독교 대학이다.

졸업식은 대학의 웨스트 캠퍼스에 위치한 Felix Event Center에서 열렸다. 연사는 캘리포니아 요바 린다의 프렌즈 교회 매튜 콕 (Matthew Cork) 목사였다.

졸업식에서는 여러 사람들이 연설을 해 정신이 하나도 없었다. 그러나 오히려 전날 3일 있었던 음악대학만의 졸업식에서 총장님의 축하 연설이 특히 가슴 깊이 남았다.

"너희들은 중요한 사람이고, 할 수 있고, 이미 해냈으며 앞으로도 너의 꿈을 실현할 것이다"

이 말씀은 마치 내게 주어진 것 같았다

총장님은 이어 말씀하셨다. "만약 너희들이 몇 년 후 나를 찾아온다면 나는 아마 양로원에 있을 것이다. 그때도 나를 만나주길 바란다. 너희들은 중요한 사람이다. 해낼 수 있을 것이다. 왜냐하면 하나님이 하셨기 때문이다."

그렇다 이 모든 것은 내가 아닌, 하나님이 하신 일이었다. 그분께서 앞서 이끌어 주셨기에 가능한 일이었다.

은퇴를 앞둔 총장님의 짧은 10분간의 연설이었지만, 큰 감동으로 다가왔다.

졸업식에서는 하나님께 감사하는 찬양이 여러 차례 울려 퍼졌고, 나 역시 이 자리에 이르기까지 포기하지 않고 이끌어 주신 하나님께 감사와 찬양을 드리지 않을 수 없었다.

이 대학에 입학할 때만 해도 두려움이 컸다. 영어도 부족한데 대학원 공부를 따라갈 수 있을까? 비싼 학비를 감당할 수 있을까? 많은 고민이 있었지만, 돌이켜 보면 모든 것이 하나님의 은혜였다.

입학부터 학비 마련, 그리고 도와주는 손길까지, 하나님께서 적절한 시기에 필요한 모든 것을 채워주셨다.

중도 포기하지 않게 주님을 신뢰하며 끝까지 나아가게 하신 주님께 기도했더니, 드디어 오늘과 같은 기쁨의 날이 찾아왔다.

5년 전, 오디션에 합격하여 대학원 음악대학 피아노과에 입학 허가를 받았다.

그러나 정식 입학하기 위해서는 부족한 음악이론 과목을 이수해야 하기때문에 커뮤니티 칼리지에서 13과목을 들어야 했다.

더구나 이 과목을 듣기 위해서는 앞서 해야만 하는 과목이 17개나 있었다. 그래서 합해 3년 동안 무려 30과목이나 공부해야 했다.

이후 대학교수의 제안으로 학비 보조를 위해 다시 도전한 오디션에서도 합격하여 학비의 50%를 지원받았고, 조교라는 타이틀까지 받게 되었다.

더욱이 나머지 50%도 하나님의 사람을 통해 개인 장학금을 받게 되어 2년 동안 학비에 대한 부담 없이 장학금으로 졸업할 수 있었으니, 정말 하나님의 은혜가 아닐 수 없었다.

때로는 사람들로부터 은퇴할 70이 가까운 나이에 무슨 공부를 하느냐, 공부가 재미있느냐고 질문을 받았다.

사실 공부가 하고 싶다고 할 수 있는 것도 아니었다. 학비보조도 그렇고, 모국어가 영어가 아니라 영어로 공부하는 것은 정말 어려웠다.

더구나 피아노 실기시험 때마다 피아노 페달을 밟고 연주해야 하는데 장애인 탓에 발목의 힘이 약해서 연습도 연주도 모든 것이 쉽지 않았다.

"그러나 내가 나 된 것은

졸업연주회 후 인사하고 있다. 뒤는 큰 아들

2024년 APU 대학원 졸업식을
둘째 아들과 함께 기다리고 있다.

하나님의 은혜로 된 것이니 내게 주신 그의 은혜가 헛되지 아니하여 내가 모든 사도보다 더 많이 수고 하였으나 내가 한 것이 아니요 오직 나와 함께 하신 하나님의 은혜로라"(고린도전서 15:10)

정말 내가 나 된 것은 하나님의 은혜로 감사하지 않을 수 없었다.

졸업식에는 남편 임성호 목사, 두 아들 임창수(33, Benjamin), 임영수(31, Stephen)도 함께하여 온 가족의 기쁨은 이루 말할 수 없었다.

졸업식 동안에는 정신이 없었지만, 졸업식 후 기쁨의 눈물을 쏟았다.

오늘 이 자리까지 오게 된 것은 사랑하는 가족, 남편과 두 아들의 덕분이었다. 아내를 이해하고 적극적으로 도와준 남편, 엄마의 꿈을 응원해 준 두 아들 덕분에 이룰 수 있었다.

남편은 넓은 캠퍼스에서 휠체어에 탄 나를 여러 강의실로 데려다주고 기다리는 등 지난 2년간 대학원 생활을 사실상 함께해 주었다.

학위도 함께 받아야 했지만, 혼자 받게 되어 미안한 마음이 들기도 했다.

도와주신 많은 분들에게 감사하지 않을 수 없었다. APU대학원 음대에서 유일한 한인 교수인 앤드류 박 교수님은 나의 입학과 공부에 큰 도움을 주신 분이었다.

또한, 10년간 나의 만학을 지켜보며 50%의 학비를 개인 장학금으로 도와주신 이지니(Lee, Jinny) 집사님 덕분에 2년간 아무 걱정 없이 공부할 수 있었다.

너무 감사하다. 이 두 분에 대해서는 뒷 부문에 자세한 이야기를 더 말하고 싶다.

하나님은 장애나 나이에 관계없이 나를 한자리에만 머물지 않게 하시고 더 나은 곳으로 이끄셨다.

하나님은 내가 장애인이었을 때 겪었던 고난과 역경, 눈물과 차별, 그리고 자살 시도까지, 그 어두운 자리에 나를 머물게 하지 않으시고 나의 손을 잡아 이끌어 주셨다. 그 많은 자리들을 뒤돌아본다.

02 1살 때 소아마비로 장애

태어난 지 1년 돌이 되던 해 홍역을 앓으면서 소아마비에 걸렸다.
아장아장 걷던 아이가 갑자기 고열이 나면서 하루아침에 주저
앉아 걷지도 못하고 전신 마비 증세가 나타났다.
이로 인한 통증과 아픔으로 어린 내가 몸부림치며 울어대던
그 시간 동안, 부모님의 눈물은 마를 날이 없었고, 한숨과 수고
는 끊이지 않았다.

나는 1955년 4월 14일 서울 서소문구 서소문동에서 태어났다. 아버
지 최정하, 어머니 김명월의 가정에서 2남 5녀 중 중간인 4번째 둘째
딸로 태어났고, 오빠 2명, 언니 1명, 여동생 3명이 있었다.

부모님은 북한에서 1.4 후퇴 때 피난하여 거제도와 부산을 거쳐 서
울에 정착하셨다. 부모님은 국수집과 보따리 장사 등으로 열심히 일한
끝에 서울에서 방앗간을 운영하셨다.

아버지는 이북에서 홀로 이남으로 오셔서 외로움에 자녀를 많이 두
기 원하셨고 어머니도 이북에서 형제들과 함께 이남으로 오셨다.

사람은 태어날 때 자기 먹을 것은 갖고 태어난다는 대책 없는 믿음
으로 아버지는 실제로는 9남매를 낳았는데 둘이 어려서 죽어 7남매가
되었다.

당시 우리 집은 방앗간을 운영해서 비교적 부유한 형편이었고, 어린
시절 부족함 없이 자랐다.

우리가 살던 집도 동네에서 가장 컸는데, 긴 집 가운데 방앗간이 있

었고 양쪽으로 방이 6개나 있었다.

그러나 초등학교 다니던 10살 즈음, 아버지가 다른 사람 빚보증을 잘 못 서주는 바람에 가세가 기울어 어려움을 겪었다.

빚쟁이들이 집 마루에 드러누워 돈을 내놓으라고 생떼를 부리던 광

초등학교 때 동네 사람들과 함께. 한 아주머니가 나를 안고 있다.

경이 지금도 기억에 남아 있다.

그러나 방앗간에서 방아로 곡식이나 고추 등을 찧거나 빻는 기계가 돌아가는 소리가 지금도 들리는 등 어릴 적 기억이 생생하다.

설날이 되면 하얀 긴 가래떡이 기계에서 김을 내며 쉴 새 없이 나오는 모습도 떠오른다.

특히 해마다 추석을 앞두고는 일주일 전부터 송편을 빚었는데, 어린 나도 마루에 앉아 함께 송편을 빚었다.

동네 아주머니들은 어린 나를 보면 얼굴이 동그랗고 예쁘다며 송편도 예쁘게 잘 빚는다고 칭찬해주셨다.

　그러나 손으로 빚고 솔잎으로 찌는 송편을 몇 가마나 만들기 때문에 화장실 갈 시간도 없이 바쁘게 송편을 만들어야 했었다.

　이처럼 평탄한 가정이었지만 부모님은 자손이 많은 것에 대한 기쁨이 한순간 무너지는 경험을 하시고, 나에게는 가장 비극적인 일이 일어났다.

　태어난 지 1년 돌이 되던 해 홍역을 앓으면서 소아마비에 걸렸다. 아장아장 걷던 아이가 갑자기 고열이 나면서 하루아침에 주저앉아 걷지도 못하고 전신 마비 증세가 나타났다.

　이로 인한 통증과 아픔으로 어린 내가 몸부림치며 울어대던 그 시간 동안, 부모님의 눈물은 마를 날이 없었고, 한숨과 수고는 끊이지 않았다.

　아버지는 내 소아마비를 치료하기 위해 나를 안고 5년 동안 전국을 다니며 치료를 받게 했다. 그로 인해 어머니는 혼자 힘들고 위험한 방앗간 일을 도맡아 하셔야 했다.

　모터가 돌아갈 때 방앗간 피대벨트를 올리는 일은 여성에게 매우 위험하고 힘든 일이었다.

　일하는 사람들이 2-3명 있어도 어머니가 모든 걸 다 감당해야만 했다. 그런 가운데도 내 밑으로 3명의 여동생이 태어났고 가족이 많다 보니 집안이 어수선하고 방앗간 기계소리까지 합쳐져 항상 시끌시끌했다.

　치료를 위해 병원에서 살다시피 하며 여러 번의 수술을 받았지만,

결과적으로 하반신 마비로 인해 걷지 못하게 되었다. 감각은 있었지만, 힘이 없어 일어설 수 없었다.

언젠가 병원에서 발목 수술을 잘못하여 신경을 건드렸는지 양쪽 발이 자라지 못해 발이 유난히 작았다.

그래서 어린 나이에도 허벅지에 비해 작은 발을 감추기 위해 더울 때나 추울 때나 항상 발을 가리고 살았다.

그때부터 난 한번도 바지를 입지않고 치마를 입어 다리를 가리곤 했다.

수술이 잘못되자 화가 난 아버지는 병원에서 의사 새끼를 죽이겠다고 고래고래 화를 내셨으나 그럼에도 불구하고 소용이 없는 일이었다.

당시는 6.25 전쟁이 끝난 직후라 예방접종도 치료제도 없었는데 그후 예방접종 약이 개발되었다.

내가 태어난 1950년대에는 많은 소아마비 환자가 있었으나, 60년대에 들어서는 3,000건으로 줄어들었고, 1979년에는 10건, 1983년 이후에는 백신 덕분에 환자가 발생하지 않게 되었다고 한다.

이런 어려운 상황에서 아버지는 아파하는 아이를 달래느라 함께 울었고, 매일 풍선을 매달아 달래셨다고 하셨다.

수술이 잘못되어 의사에게 항변하기도 하고, 싸우기도 하고, 사정도 하고 수없이 반복되는 병원생활에 지쳐가는 아버지는 술에 자신을 의존하기 시작하셨다.

아버지는 내가 초등학교를 입학하기 전까지 병원과 한의원들을 찾아다니며 치료를 멈추지 않았다.

심지어 상당히 긴 침(대침)을 어린아이한테 꽂을 때 아이에 자지러

한국 민속촌에서 전통 혼례복장의 부모님

지는 소리와 함께 눈물로 바라봐야 했다는 아버지의 말씀은 오늘 이 글을 쓰며 다시 생각해봐도 소름이 돋고 아버지 마음이 얼마나 힘들었을까 하는 생각에 잠시 글을 멈추게 된다.

부모님의 지극한 정성 덕분에 5~6년간의 치료를 받으며 소아마비로 죽을 뻔한 목숨을 살렸지만, 결국 일생동안 걷지 못하는 신체장애인이 되어 험난한 삶을 살아야 했다.

누구나 어린 시절 고향에 대한 아름다운 추억이 있을 것이다. 그러나 나는 어릴때 추억이 없다.

그 흔한 소풍을 딱 한번 가보았고, 밖에서 들려오는 아이들의 고무줄놀이, 공기놀이, 남자아이들의 딱지치기 등 웃고 떠드는 소리를 집안에서 들으며 그런 놀이들을 상상하며 추억을 상기시키곤 했다.

친구라는 이름도 내게는 없었다.

어렸을 때 명절을 참 좋아했다. 설날에는 누구보다도 예쁜 한복을 입었고, 부모님께 세배하지는 못해도 세뱃돈을 넉넉히 받았으나 나가서 쓸 수가 없었다.

형제들은 한 명 한 명씩 다 나가고 텅 빈 방에 홀로 나만 덩그러니 남아있던 그 날, 방앗간 일로 밤을 새운 부모님의 코고는 소리만 들려왔다.

비가 오는 날에는 마당에 떨어지는 빗물을 멍하니 쳐다보고, 흰 눈이 내리면 밖에서 아이들이 눈사람을 만들며 재잘거리는 소리를 들으며 세상 밖이 궁금했다.

살아 숨 쉬고 있는데 나 혼자 할 수 있는 것은 없었다.

"나는 왜 살아야 하나, 무엇을 이루며 살아야 하나" 하는 생각에 소망 없는 삶을 이어갔다.

그래도 난 내가 장애를 가진 것이 다행이라 생각했다. 다른 형제보다는 내가 감당할 수 있을 것이라 여겼고 만약 다른 형제가 장애를 가졌다면 그것을 보는 것이 더 힘들 거라는 생각이 들었기 때문이었다.

어린 시절의 소원은 하얀 가운을 입은 의사와 간호사, 그리고 소독 냄새가 가득한 병원을 벗어 날 수 있기만을 바랄 뿐이었다.

일하는 사람한테 업혀서 오직 학교와 피아노 레슨을 다닐 때만 햇빛을 볼 수 있었던 것이 내가 아는 세상이

언니들과 함께. 나는 바위에 앉아 있다.

45

었다.

심지어 예수님을 믿지 않던 부모님은 무당을 불러 고사를 지내고 굿을 하기도 했다.

굿을 한다는 소리에 아버지는 펄쩍 뛰며 반대하셨지만, 고칠 수 있는 길이라면 무엇이든지 하자는 어머니의 말에 따를 수밖에 없었다.

1년에 두 번 정도 굿을 했고, 걷지 못해 집에 앉아만 있는 어린 나는 그 굿을 재미있게 구경하곤 했다.

색색의 요란한 옷차림을 한 무당은 여러 깃발을 내 앞에 꽂아놓고 하나를 뽑으라고 했다. 하나를 뽑자 무당은 할머니 귀신이 왔다며 할머니 귀신이 손녀가 불쌍하다고 울고 갔다고 했다.

그리고 "비나이다, 비나이다" 하면서 집 악귀가 물러나고 낫게 해달라고 주술을 했는데 어느 날 내게 신기가 있다고 신내림을 하자고도 했다

어머니에 따르면, 당시 내가 누가 온다고 말하면 정말 그 사람이 왔고, 무언가를 아는 듯 얘기를 하면 그것이 그대로 이루어지는 일들이 자주 있어 어머니도 내가 신기가 있다는 무당의 말을 믿게 되었다고 한다.

그런 무당의 말에 나는 화를 냈고 다시는 우리 집에 오지 말라고 했다.

지금 생각해보면 신내림 받을 수 있는 순간까지도 하나님의 보호하심이 있었다고 나는 믿는다. 이처럼 온갖 치료와 수술을 하고 심지어 굿까지 했지만, 더는 고칠 수 없다는 결론에 이르자 아버지는 속상한 마음을 술로 달래며 세월을 보내셨다.

03 초등학교에서 겪은 차별과 중학교 포기

초등학교인 '남대문 국민학교'에 입학하던 날을 또렷이 기억하고 있다.
다리에 쇠로 만든 보조기구를 발에서 허리까지 착용하고, 목발을 짚고, 가슴에 손수건을 꽂고 맨 앞자리에 서 있었다.
그런데 또래 남자아이가 "다리병신"이라며 나를 놀리고 밀치고 도망갔다.
그 아이에게 놀림을 당하면서도 방어도 반항도 하지 못하고 쫓아갈 수도 없는 나는 결코 저들과 같을 수 없는 사람이라는 것을 깨닫게 되었다.

세월이 흐르면서 나는 다른 아이들이나 형제들처럼 걷지 못한다는 사실을 깨닫게 되었다. 내 몸에 이상한 기구들을 착용하지 않으면 걸을 수 없다는 것도 알게 되었다.

사람들이 나를 바라보는 시선이 많이 다르다는 걸 느끼고, 그것이 이상해서 엄마에게 이유를 물어보았지만, 엄마는 대답 대신 말없이 눈물만 흘리셨다.

부모님과 형제들에게 미안하고 죄송한 마음이 가득했지만, 동생들이 즐거워하는 모습이나 가족들이 좋아하는 모습만 보아도 마음이 편치 않았다.

다른 사람의 도움 없이는 아무것도 할 수 없는 처지였다. 그런 상황에서 "나는 이렇게 아픔 속에 헤매고 있는데, 저들은 무엇이 그리도 좋아서 웃고 떠드는가?"라는 생각이 들며 소망 없는 삶에 대해 한없이 절망했다.

그렇다고 마
땅히 원망할 대
상이 있는 것도
아니어서, 마음
속 분노를 풀
지 못해 화병이
생겼지만, 부모
님이 나로 인해
속상해하실까

초등학교 입학식 날 내가 목발을 짚고 앞에 서 있다.

봐 마음껏 소리 내어 울지도 못했다.

무엇보다 견딜 수 없었던 것은 사람들의 편견이었다. 장애인이 있는
가정은 남다른 저주라도 받은 것처럼 죄인 취급을 받았다.

"내가 전생에 죄를 많이 지어서 이런 딸을 두었나 보다"라고 자책하
는 엄마의 한 많은 소리를 정말 지겨울 만큼 많이 들으며 자랐다.

어린아이 때는 잘 기억나지 않았지만, 장애인 차별을 확실히 기억하
게 된 것은 초등학교에 다니면서부터였다.

초등학교인 '남대문 국민학교'에 입학하던 날을 또렷이 기억하고
있다.

다리에 쇠로 만든 보조기구를 발에서 허리까지 착용하고, 목발을 짚
고, 가슴에 손수건을 꽂고 맨 앞자리에 서 있었다.

그런데 또래 남자아이가 "다리병신"이라며 나를 놀리고 밀치고 도
망갔다.

그 아이에게 놀림을 당하면서도 방어도 반항도 하지 못하고 쫓아갈

수도 없는 나는 결코 저들과 같을 수 없는 사람이라는 것을 깨닫게 되었다.

맥없이 당하고 억울해서 마냥 울기만 하던 나는 아버지에게 학교에 가지 않겠다고 말했다.

아버지는 "그러면 너는 한글도 모르는 바보가 된다"라며 방앗간에서 일하는 아저씨에게 자전거로 통학시키게 했다.

아저씨는 교실에 나를 업어 책상 앞에 앉혀 주고 갔다. 아이들이 운동장에서 뛰노는 소리, 아침조회와 함께 음악에 맞춰 체조를 하는 소리를 들으며 "저 바깥세상은 어떤 모습일까" 늘 궁금해 했다.

점심시간이 되면 집에서 일하는 언니가 점심을 가져다주고 화장실 볼일을 보게 해주었다.

그때까지 어떠한 일이 있어도 생리적으로 일어나는 모든 것을 참아야 했다.

그러나 4학년 어느 날, 집에서 와야 할 언니가 오지 않아 화장실도 못 가서 울상이 된 적이 있었다.

초등학교 2학년 때

당시 담임선생님은 남자였는데, 이를 눈치챈 남자 선생님이 쉬는 시간에 "춘애야, 화장실 가고 싶지 않니?"라고 물으셨다.

그 순간 내가 얼마나 참고 있었는지 지금도 기억난다. 실수할 뻔한 찰나에 선생님 덕분에 무사히 소변을 볼 수 있었다.

그때의 부끄러움에도 불구하고, 지금도 그 선생님께 감사하고 있다.

당시에는 장애인들이 중·고등학교에 진학하기가 어려웠고, 심지어 입학 통지서를 받지 못해 초등교육조차 받지 못한 장애인들도 많았다.

그때는 장애인들을 볼 때 전염병 환자 취급을 하면서 "저 집은 무슨 죄가 있어서 저 아이가 저러지? 저 아이랑 놀지 마"라며 수군대는 사람들도 있었다.

정말 장애인을 차별하는 별의별 소리를 다 들었다.

모든 사람이 평등하게 받아야 할 교육 과정도, 비장애인 학생들에게 피해를 줄 수 있다는 이유로, 장애인을 받을 만한 시설도 없다며 학교는 장애인을 거부했다.

결국 부모님은 아예 중학교 진학을 포기케 하고, 한글을 배운 것으로 만족하며 기술을 가르쳐 먹고살게 하는 것이 현명한 일이라고 판단하셨다.

장애인들 중에서 중, 고, 대학까지 다녔다는 사람들을 만나면 저들은 부잣집이었나 보다, 아니면 속된말로 빽을 써서 진학을 했나 보다고 할 만큼 부러워했다.

당시 많은 장애인들은 가난해서 사회적으로도 불합리한 대우를 받았던 시절이었다.

04 너는 피아노를 칠 수 없어

동네 피아노 선생님은 피아노라는 악기는 손가락만으로 연주하는 것이 아니고 페달을 사용해야 피아노가 갖고있는 아름다운 소리를 만들 수 있는 데 나는 페달을 전혀 사용할 수 없기 때문에 피아노를 칠 수 없다며 피아노 대신 바이올린을 배우는 것이 더 좋을 것이라고 권유하였다.
그러나 어머니는 동네 쌀집 따님인 숙대 음대 출신의 또 다른 선생님을 찾아주셨다.
다행히 그 선생님은 내가 한 달 동안 배운 실력을 보고, 페달을 밟지 못해도 피아노를 연주할 수 있다고 하시며 가르쳐 주겠다고 하셨다.
용기를 주고 피아노를 가르켜 주셨던 그 선생님 덕분에 오늘날까지 피아노를 하게 되었으니 정말 감사하다.

초등학교 시절, 장애인 차별을 받으며 공부에 어려움을 겪자 아버지는 중학교 진학을 포기시키고 대신 기술을 배우라고 하셨다.

아버지는 학교에 가면 놀림을 당하고 공부하기도 어려울 테니, 기술이나 배워 먹고살라고 말씀하셨다.

그러면서 유산으로 집을 다른 형제에게 주지 않고 나에게 주겠다고 약속하셨다. 그러나 깊이 새겨진 아버지의 약속은 이루어지지 않았다.

부모님은 중학교 진학 대신 기술을 가르쳐야 한다고 생각하셨고, 6살 때부터 시작한 피아노를 더 적극적으로 배우게 하기로 결정하셨다.

동네에서 피아노 선생님을 찾았는데, 마침 이화여대 음대 출신의 선생님을 찾았다. 나보다 10살 많은 큰 오빠는 나를 업고 선생님 댁으로 데려가 주었고, 부모님은 첫 레슨비를 주셨다.

그러나 그 선생님은 피아노라는 악기는 손가락만으로 연주하는 것이 아니고 페달을 사용해야 피아노가 갖고있는 아름다운 소리를 만들 수 있는 데 나는 페달을 전혀 사용할 수 없기때문에 피아노를 칠 수 없다고 했다.

그리고 피아노 대신 바이올린을 배우는 것이 더 좋을 것이라고 권유하였다.

그날 난 알았다. 사람들은 나를 거부한다고.

어린 나이에도 저들과 내가 다르기때문에 나 같은 사람은 할 수 있는 것이 아무 것도 없는 사람으로 여기는 것을.

6살 그날에 겪었던 경험은 상처가 되었고 그때부터 사람들과 벽을 쌓았고 혼자만의 세상에 갇히기 시작했다.

결국, 나를 거부하는 그 선생님에게서 용감하게 한 달 만에 돌아섰다. 피아노 선생님이 그 한 사람 뿐이겠느냐는 생각에 어머니께 다른 선생님을 구해달라고 부탁했다.

어머니는 동네 쌀집 따님인 숙대 음대 출신의 또 다른 선생님을 찾아주셨다.

다행히 그 선생님은 내가 한 달 동안 배운 실력을 보고, 페달을 밟지 못해도 피아노를 연주할 수 있다고 하시며 가르쳐 주겠다고 하셨다. 그 말에 무척 기뻤다.

용기를 주고 거부하지 않았던 그 선생님 덕분에 오늘날까지 피아노를 하게 되었으니 정말 감사하다.

선생님의 칭찬은 내 삶의 원동력이 되어 정말 열심히 배웠다. 굉장히 빠른 속도로 실력이 향상되면서 아버지께 피아노를 사달라고 했다. 그것만은 지체하지 않고 구입해 주셨고, 자주 몸이 아파 학교를 조퇴

하는 경우가 생겨도 레슨시간만 되면 "언제 아팠냐" 하며 일하는 아이 한테 업혀 피아노를 배우러 가곤 했다.

점점 수준이 높아지며 페달을 사용해야 할 곡들이 많아지면서 고민이 되었다. 모차르트, 베토벤, 쇼팽, 슈베르트 어느 곡도 페달 없이 연주할 수 있는 곡은 없다.

바하인벤션, 평균률은 다행히 페달사용이 적었지만 다른 곡들은 그럴 수가 없었는데도 피아노를 그만둔다는 생각은 단 한번도 하지 않았다. 어떻게 그랬을까?

포기할 만도 했는데 지금 돌아보아도 이해되지 않는 일이었다.

선생님의 칭찬을 들으며 베토벤 소나타를 배울 때는 선생님이 직접 페달을 밟아주시며 연습을 도와주셨다.

그 덕분에 이후 여러 번의 연주회도 가질 수 있었다. 그 선생님께 진심으로 감사드린다.

05 피아노 레슨으로 돈벌어

방앗간 집 딸이 피아노를 잘 친다는 소문이 나면서 주변의 초등학교 1, 2학년 학생들부터 어른까지 배우러 왔다.
바깥을 나가지 못하고 365일 집에만 있었고, 사람들과의 교제가 없었던 내가 제법 어른스러웠던지 부모들은 내가 20살은 됐을거라고 생각했었나 보다.
아이들은 점점 많아져서 피아노 한 대를 더 구입해 2대의 피아노로 저녁까지 레슨을 했다.

숙대 음대 선생님으로부터 피아노를 열심히 배워 실력이 늘자, 아버지는 집에서도 연습할 수 있도록 피아노를 사주셨다.

특히 15살부터는 실력이 더욱 향상되어, 비록 피아노 전공자는 아니었지만 개인 레슨을 통해 돈을 벌 수 있게 되었다.

그러나 좋아서 피아노 레슨을 한 것이 아니었다. 방앗간 집 딸이 피아노를 잘 친다는 소문이 나면서 주변의 초등학교 1, 2학년 학생들부터 어른까지 배우러 왔다.

바깥을 나가지 못하고 365일 집에만 있었고, 사람들과의 교제가 없었던 내가 제법 어른스러웠던지 부모들은 내가 20살은 됐을거라고 생각했었나 보다.

아이들은 점점 많아져서 피아노 한 대를 더 구입해 2대의 피아노로 저녁까지 레슨을 했다. 그만큼 수입도 늘었다.

하지만 돈을 벌어도 밖에 걸어 나갈 수 없으니 돈을 쓸 방법이 마땅치 않았다.

화장품 외판원이 찾아오면 봄, 가을에 화장품을 바꾸는 데만 돈을

썼다. 그러나 아
버지께서 남의
빚보증을 서주는
바람에 방앗간
사업이 망해 빚
더미에 앉게 되
자, 빚쟁이들이
집으로 찾아와
난리를 피웠고,
어머니마저 병으
로 눕게 되었다.

이로 인해 가
족은 처음으로
굶게 생겼지만,
마침 피아노 레
슨 수입금으로

한국에서 나에게 피아노 레슨을 받은 제자들

모아둔 1,000원이 있어 이 돈으로 쌀 한 말을 사서 밥을 굶지 않을 수
있었다.

그 후, 어머니는 다시 기력을 회복해 일어나셨고, 빚도 매일 조금씩
지불하는 일수로 결국 모두 청산할 수 있었다.

당시 빚 갚는 일수 장부에 돈을 냈다는 많은 도장들이 찍힌 것을 지
금도 선명히 기억하고 있다.

06 장애인 차별에 한없이 울어

부득불 당한 장애이지만, 내 인격이 무시당하는 것만은 용납
할 수 없었다. 그래서 나는 자신과 끊임없이 싸웠다.
억울함과 분노에 화가 치밀어 올라 항변하고 싶었던 나는 하
늘을 향해 외쳤다.
당시 기독교와 전혀 관련이 없던 나는 "하나님이 계시다면 대
답해 보세요. 왜 하필이면 내가 장애로 평생을 살아야 하나
요?"라고 골목길에서 마음속으로 소리를 치며 한없이 울었던
때가 있었다.
소리치고 싶은데 목소리는 나오지 않았고 마음의 소리는 항상
깊이깊이 마음에 꾸겨놓았다.
소리 내어 울면, 엄마가 너무 가슴 아플까 봐 소리 죽여 울거나
밤새도록 울고도 아무렇지 않은 척해야 했다.

오늘날에는 장애인에 대한 인식이 많이 개선되었지만, 과거 한국 사
회는 구조적으로 장애인들을 소외시키고, 이들이 사회생활을 할 수 있
는 환경적 조건이 갖추어지지 않은 상태였다.

그 시절에는 장애인에 대한 차별이 매우 심각했다. 장애인을 보면
사람들은 마치 동물원에서 원숭이를 보는 듯이 신기하게 쳐다보았다.

아무 관계도 없는 시각장애인이 자기 집 앞을 지나가는 것을 보고
"재수 없다"며 소금을 뿌리는 이웃 아주머니, 두 다리가 없어 고무판
을 깔고 기어 다니며 구걸하는 장애인을 보면 마치 더러운 벌레 보듯
경멸하는 사람들, 혹이라도 자기 몸에 닿을까봐 도망가는 사람들.

온몸이 뒤틀린 채 힘겹게 걸어가는 뇌성마비 장애인을 향해 "너도
저 사람처럼 될라, 병 옮는다. 저 사람 하고 놀지 말라"는 등 심한 말을
내뱉는 이들이 있었다.

심지어 동네 아이들까지 "다리병신 왔다"며 흉내 내고 조롱하곤 했다. 정말 괘씸한 녀석들이지만 꼬마들까지 장애인들을 쉽게 무시하고 멸시하는 말을 내뱉었다.

특히 장애인들의 외출은 모든 면에서 쉽지 않았다. 지금도 그렇지만 그 당시 대중교통으로 버스를 타는 것은 물론이고 심지어 택시를 타려 해도 기사들은 장애인을 보면 휙 하고 지나가기 일쑤였다.

가족들이 대신 택시를 세운 후 장애인이 나타나면 그냥 가버리기도 했다. 어쩌다 친절한 택시기사를 만나면 마치 은혜라도 받은 듯 팁을 주며 감사를 표현해야 했다.

이런 무시와 멸시를 받는 경험은 우리 장애인들에게 깊은 상처로 남았으며, 결코 기억하고 싶지 않은 아픔이었다.

부득불 당한 장애이지만, 내 인격이 무시당하는 것만은 용납할 수 없었다. 그래서 나는 자신과 끊임없이 싸웠다.

억울함과 분노에 화가 치밀어 올라 항변하고 싶었던 나는 하늘을 향해 외쳤다.

당시 기독교와 전혀 관련이 없던 나는 "하나님이 계시다면 대답해 보세요. 왜 하필이면 내가 장애로 평생을 살아야 하나요?"라고 골목길에서 마음속으로 소리를 치며 한없이 울었던 때가 있었다.

소리치고 싶은데 목소리는 나오지 않았고 마음의 소리는 항상 깊이깊이 마음에 꾸겨놓았다.

소리 내어 울면, 엄마가 너무 가슴 아플까 봐 소리 죽여 울거나 밤새도록 울고도 아무렇지 않은 척해야 했다.

그 시절에 생긴 불면증과 소화불량은 내 삶의 일부가 되었고, 의견을 말하려고 해도 내 안에서 수없이 할 말을 연습하지만 결국에는 사람들 앞에서 아무 말도 할 수 없었다.

지금 기억에도 그나마 레슨을 할 때만 목소리를 낼 수 있었던 것 같았다. 언제나 모든 사람이 잠든 후에야 하얀 밤을 지새우며 눈물을 흘렸다.

부모님도 나도 선택하여 된 것이 아닌 장애로 인해 한 가정이 감당해야 할 고통과 아픔을 공유해 달라고 한 것도 아니었다.

사람들은 일반적인 삶을 사는 사람이 나와 다른 삶을 사는 사람들을 이해하지도 못하면서 장애는 그저 불편할 뿐이라는 허울 좋은 말로 장애인들을 자극하고 반발하게 만들었다.

무엇보다 나 자신의 장애를 인정하고 극복하며, 사회생활에 적응하는 것은 결코 쉬운 일이 아니었다.

비록 내 몸은 나의 의지와 상관없이 장애를 갖게 되었지만, 여전히 다른 사람들에게 좋은 영향을 주며 살고 싶었다.

07 삶의 의미 찾지 못해 자살 시도

소망 없는 삶의 끝은 살아도 고통일 뿐이라는 결론을 내린 것
은 그 당시 나에게 가장 최선의 판단이었다. 그러나 세월이 흐
르고 나서야 하나님께서 나를 긍휼히 여기시고 살려주셨음을
깨달았다.
그것이 최선이라고 생각했던 일이었지만, 결코 해서는 안 되
는 일이었다.
부모님에게 더욱 큰 아픔을 드렸다는 것을 결혼하고 자식을
키우면서 더 깊이 깨달았다.
그 이후로 나는 죽을 용기로 열심히 주어진 삶에 최선을 다해
새로운 삶을 살아가기로 결심했다.

 사춘기에 접어들면서, 세상에서 거부당하고 놀림을 받으며 소망 없
이 살아가는 나는 삶의 의미도 없이 매일이 고통뿐이었다.

 아직 인생을 논하기엔 너무 어렸던 철없던 시간의 기억은 늘 울음으
로 가득했다. 장애인이라는 이유로 또래 아이들과는 다른 삶을 살아야
했다.

 당시에는 휠체어도 없었고, 누군가가 업어 주지 않으면 한 발짝도
밖에 나갈 수 없었고 할 수 있는 게 아무것도 없었다.

 그래서 창살 없는 감옥 같은 방구석에 갇혀 있었다. 아름답다는 덕
수궁 돌담길은 어떻게 생겼을까? 가을철 낙엽은 어떻게 굴러갈까? 가
고 싶은 곳도 많고, 보고 싶은 것도 많았지만, 자유롭게 걸을 수 없으
니 살 재미도 없었다.

 눈, 바람, 비, 파란 하늘의 구름도 보고 아름다운 산과 강, 꽃들도 보
며 걷고 싶었으나 남의 도움 없이는 아무것도 할 수 없었다.

"왜 살아야 할까? 무엇을 하며 어떻게 살아가야 할까?" 모든 것이 절망적이었고, 소망 없는 생각으로 하루하루를 버텼다.

여동생 셋이 교복을 입고 나란히 "학교에 다녀오겠습니다"라고 인사하고 나가면, 부러워 그저 한없이 울었다.

처음으로 부모님이 원망스러웠다. 왜 시도도 안 해보고 중학교에 보내지 않으셨는지...

여전히 살아갈 소망, 희망이 없던 나는 결국 죽음을 생각하게 되었다.

내 몸으로는 아무것도 할 수 없는 것이 죽어야 할 이유였고, 그 원인은 아버지에게도 있었다.

지금은 천국에 계시는 아버지는 평소에는 조용하고 인자하셨다. 아버지는 체격이 좋았고, 소련 사람 밑에서 사무원으로 일하셨을 정도로 인텔리셨으며, 말도 잘하고 설득력도 좋으신 분이었다.

그러나 걷지 못하는 딸로 인해 속상한 마음에 술을 마시면 우실 뿐만 아니라 폭군이 되셨다.

밥상을 뒤엎고 심지어 어머니에게 폭력을 가하고 폭언을 일삼는 등 주사가 심했다.

아버지의 이러한 행동에 반항하는 오빠들에게는 막대기를 휘둘렀다.

아버지가 가정폭력을 행사할 기미가 보이면 형제들은 모두 밖으로 나가버렸고, 걷지 못하는 나만 남아 이불을 뒤집어쓰고 있다가 아버지의 반복되는 주사를 말려야 했다.

아버지가 어머니를 폭행할 때면 어린 내가 울며 아버지를 말리곤 했다.

오빠 둘, 언니는 아버지의 그 모습을 보지 않으려고 자리를 피했고 동생들은 어리니까 자는 척하며 숨을 죽여서 현장에는 나만이 남아있게 되었다.

다른 형제들은 미리 밖으로 나가 아버지의 폭력을 피하기도 했지만 나는 직접 겪었기 때문에 큰 상처를 입고, 아버지에게 분노를 품기도 했다.

아버지는 어느 누구의 말대꾸나 반박을 절대로 용납하지 않았다. 그나마 내가 말리는 것에 대해서는 적당히 양보하셨기 때문에 심각한 사태를 모면할 수 있었다.

이러한 일은 주기적으로 반복되었고, 어머니를 데리고 도망가고 싶었지만 그럴 수도 없었다.

그런 아버지는 술이 없는 세상에서는 너무나 점잖고, 말씀도 없고, 인자한 모습에 잘 생기고 멋진 남자였다. 어머니는 그 모습에 반해 결혼했다고 한다.

이런 야누스 같은 양면적인 아버지의 모습에서 심한 갈등을 겪으며 살았다. 방앗간을 하는 잘 사는 집, 형제들도 장애인인 나를 무시하지 않았다는 보이는 것과는 달리, 내 실상은 참담했다.

장애인을 편견의 눈으로 보는 세상도 싫고, 아버지도 싫고, 장애인인 내 자신도 싫었다. 하지만 그런 아버지라도 나로 인해 가슴에 못이 박혀 사시는데 차마 원망할 수 없었다.

사춘기 아주 예민한 시절, 나는 거의 매일 병과의 전쟁을 치르며 살았고, 먹지도 자지도 못하면서 그야말로 눈물로 밤을 지새우며 아픔과 고통의 반복된 삶에 지쳐 있었다.

장애라는 것은 사람의 신체 어느 한 부분이 불편한 것이라고 여기고 너무 비관적으로 생각하지 말자 해도 내가 사는 세상에서는 왜 그리 힘이 들었던 것일까?

요즘도 자주 일어나는 일이지만 편견, 차별대우, 왕따, 갑질이라는 매우 편파적인 일들로 사람들이 죽음으로 내몰리고 있다.

이렇게 방에만 있는 나에게 사람들은 상담을 하러 올 때가 있다. 주로 연애문제나 미혼모로서 살아야하는 어려움 등을 상담하는 그들의 이야기를 들으며 "저들은 내가 자기들보다 환경이 낮다고 생각하는 건가, 아님 아예 내가 장애인인 것을 인식하지 못하나?

아마도 내가 열심히 들어주니 답답한 마음을 털어 놓으러 오는 거겠지! 나 스스로를 위로하기도 했다.

가끔 언니나 오빠가 나를 업고 동네를 돌거나 택시를 태워 바깥구경을 하고 식당에 가면 한결같이 사람들의 시선을 끌어 놀림을 당하고 시비를 걸어와 언니, 오빠는 그들과 싸움이 일어난다.

나에 대한 항변이었으나 나로 인해 형제들의 마음 아픈 것이 싫어 되도록 외출을 삼가했다.

점점 이러한 사회의 편견이 견디기 힘들었고, 미래가 없던 나, 살아야할 이유와 목적 없이 사는 삶은 죽음밖에 답이 없다고 생각하게 되었다.

그래도 살아보려고 피아노 레슨도 하고 영어 공부도 하고 장애인이 된 그 날에서 벗어나려고 애를 써 보았지만 소망이 없는 삶은 죽음이 답이었기에 부모 앞에서 감히 죽음을 선택하게 되었다.

그러나 그것은 내가 알지 못하는 가운데 나의 운명을 바꾸어 놓은 사건이 되었다.

결심했다. 차라리 부모님에게 짐이 되느니 이 세상에서 없어준다면 잠깐은 힘들겠지만 피차가 좋지 않을까!

삶의 목적도 소망도 없었던 나는 끝이 보이지 않는 고통의 삶이라면 차라리 죽는 것이 낫겠다고 생각했고, 급기야는 수면제를 모으기 시작했다.

집에 있는 TV를 보기위해 동네 아이들이 들락날락 할 때 이들에게 수면제를 사다 달라고 부탁했다.

고통으로 잠이 오지 않아 수면제를 먹을 수도 있었지만 먹지 않고 죽기위해 쌓아놓았다.

충분한 양을 모은 후, 자살을 두 번이나 미루다가 18세 어느 날, 미련 없이 두 손에 가득한 약을 털어 넣었다. 이것은 차별받는 세상에 대한 복수였고, 아버지에게도 복수하는 길이었다.

그러나 사흘 만에 극적으로 죽음에서 건져졌다. 큰 오빠가 쓰러져 있는 나를 발견하고 업고 병원으로 달려갔다. 희미한 의식 속에서 아버지가 소리치는 소리를 들었다.

"저년 죽게 내버려두라. 부모 앞에서 죽는 못된 년 내버려두라."

08 긍휼히 여기시고 살려주신 하나님

술독에 빠지고 가정폭력까지 하셨던 아버지였지만, 후에 예수
님을 믿고 천국으로 가셨다.
아버지가 용서되지 않아 갈등하며 괴로워할 때 주님의 십자가
사랑이 나를 구원하셨던 것처럼 주님의 긍휼은 나의 마음을
녹여주시고 아버지를 용서하고 말고 할 수 있는 자격이 내게
없음을 알게 하셨다.
중풍으로 불편하신 아버지를 사랑하며, 이해하며, 위로의 시
간을 주신 주님은 아버지의 임종도 지키게 하셨다.
"아버지, 천국에 먼저 가서 기다리시고 우리 다시 만나요"라
고 하니 말씀을 못하시지만 편안한 모습으로 눈을 여러 번 깜
빡이셨다.
즐겨하시던 찬송과 기도가 끝난 후 예전의 험한 얼굴이 아닌
밝고 환한 얼굴로 떠나셨다.

희미한 불빛이 보이면서 눈을 떴을 때는 이미 3일이 지났고, 병원에
누워 있었다.

소망 없는 삶의 끝은 살아도 고통일 뿐이라는 결론을 내린 것은 그
당시 나에게 가장 최선의 판단이었다. 그러나 세월이 흐르고 나서야
하나님께서 나를 긍휼히 여기시고 살려주셨음을 깨달았다.

그것이 최선이라고 생각했던 일이었지만, 결코 해서는 안 되는 일이
었다.

부모님에게 더욱 큰 아픔을 드렸다는 것을 결혼하고 자식을 키우면
서 더 깊이 깨달았다.

그 이후로 나는 죽을 용기로 열심히 주어진 삶에 최선을 다해 새로
운 삶을 살아가기로 결심했다.

환경이 이전과 달라진 것은 없었지만, 생각이 바뀌고 삶의 방향을 전환하니 사물과 상황을 긍정적으로 대처하기 시작했다.

14년 만에 다시 보조기를 착용하고 집에서 걸음마 연습부터 시작하였다. 이제부터 남의 등을 의지하지 않고 스스로 걸어서 세상과 맞서기로 결심했기 때문이다.

앉아만 있어서 10cm나 굳어진 무릎을 억지로 눌러서 무릎벨트로 고정하면 그 통증이 너무나 심해서 다리가 저렸다.

게다가 온 몸에 메탈로 장착된 보조기구를 허리벨트로 앞, 뒤를 묶어 고정시키고 양쪽에 목발을 의지하면 외출 준비가 끝난다.

그뿐 아니라 한번 외출을 하려면 그 전날부터 좋아하는 커피, 음료수 밥을 굶기도 한다. 그 당시에 장애인들의 화장실 사용은 불편한 게 아니라 아예 사용할 수 없는 구조였기 때문이다.

그런 까닭에 생리적으로 일어나는 현상을 자주 참다보니 참는 게 능숙해 질 정도다.

아버지는 건강하셨지만 50대에 고혈압으로 쓰러져 오른편이 마비가 되었고, 가족과 함께 이민 오셔서

아버지 장례식 때 아들과 사위들

20년을 사시다 75세에 세상을 떠나셨다.

술독에 빠지고 가정폭력까지 하셨던 아버지였지만, 후에 예수님을 믿고 천국으로 가셨다.

아버지가 용서되지 않아 갈등하며 괴로워할 때 주님의 십자가 사랑이 나를 구원하셨던 것처럼 주님의 긍휼은 나의 마음을 녹여주시고 아버지를 용서하고 말고 할 수 있는 자격이 내게 없음을 알게 하셨다.

중풍으로 불편하신 아버지를 사랑하며, 이해하며, 위로의 시간을 주신 주님은 아버지의 임종도 지키게 하셨다.

"아버지, 천국에 먼저 가서 기다리시고 우리 다시 만나요"라고 하니 말씀을 못하시지만 편안한 모습으로 눈을 여러 번 깜빡이셨다.

즐겨하시던 찬송과 기도가 끝난 후 예전의 험한 얼굴이 아닌 밝고 환한 얼굴로 떠나셨다.

어머니는 장수하시어 90세에 하늘나라로 가셨는데, 항상 어머니에게 죄송한 마음을 가지고 있다. 어머니는 나 때문에 얼마나 고생하시고 상심하셨을까?

아버지와 자식 사이에서 집안에 평안을 위해 어머니는 참는 것이 삶이었던 것 같다.

더구나 나로 인해 언제나 "오늘은 저 아이의 기분이 어떤지, 잠은 잘 잤는지" 등 ….

힘든 노동으로 고달픈 인생을 사셨는데 돌아보니 엄마는 이 모든 것이 당연한 것이라 여겼던 것 같다.

어머니의 삶에서 자신의 존재는 없이 살아오신 모습에 말로 할 수 없는 아픔이 밀려온다.

09 정립회관의 피아노 연주

정립회관은 1975년에 설립된 지체장애인 복지관이었다.
아버지는 그곳에서 여러 활동을 하는 장애인들을 만나면 내가
좋아할 것이라고 생각하셨던 것 같다.
보조기를 착용하고 아버지와 함께 택시를 타고 정립회관으로
갔다. 그러나 그곳에서 처음으로 나 아닌 다른 장애인들을 보
고 충격을 받아 돌아서야 했다.
그곳에는 소아마비인 나보다 더 심하게 척추가 휘어진 휠체어
장애인, 뇌성마비 등 신체장애인들이 모이는 모임들이 있었다.
나와 같은 장애인을 직접 내 눈으로 본 것은 처음이었다.
그 모습은 마치 거울에 비친 내 모습을 본 것 같아 너무 충격이
었다.

자살 시도에서도 하나님의 은혜로 살아난 후, 죽을 용기로 살아보기
로 마음을 먹었다.

많은 수면제를 먹은 탓에 소화가 잘 되지 않기도 했지만, 다행히 다
른 곳에는 별다른 이상이 없었다.

그때 아버지께서 신문에서 읽은 '정립회관'을 소개하고 함께 가보자
고 하셨다.

정립회관은 1975년에 설립된 지체장애인 복지관이었다. 아버지는
그곳에서 여러 활동을 하는 장애인들을 만나면 내가 좋아할 것이라고
생각하셨던 것 같다.

보조기를 착용하고 아버지와 함께 택시를 타고 정립회관으로 갔다.
그러나 그곳에서 처음으로 나 아닌 다른 장애인들을 보고 충격을 받아
돌아서야 했다.

그곳에는 소아마비인 나보다 더 심하게 척추가 휘어진 휠체어 장애인, 뇌성마비 등 신체장애인들이 모이는 모임들이 있었다.

나와 같은 장애인을 직접 내 눈으로 본 것은 처음이었다. 그 모습은 마치 거울에 비친 내 모습을 본 것 같아 너무 충격이었다.

그런 정립회관은 가기 싫었다. 동질의 아픔을 느끼기보다는 보조기와 목발을 짚고 걷는 모습을 또 다른 장애인에게서 보는 것이 견딜 수 없기 때문이었다.

그러나 자살 시도 후에 세상과 나를 이겨보자고 다짐했던 오기로 다시 정립회관을 찾았다. 황연대 관장님과 나를 따라주는 다른 장애인들과의 만남, 내 또래의 청년부 모임에 참석했다.

이곳에는 수영장과 체육관이 있고 양궁, 수영을 가르치는 선생님들도 있어 좋았다. 특히 청년부 모임에서는 나보다 어린 장애인들이 언니, 누나라고 부르며 따르자 마음을 열고 참여하기 시작했다.

정립회관 활동은 20여 년 동안 집안에 갇혀 있었던 새가 새장 창문이 열리자 하늘을 향해 훨훨 날아가는 것과 같았다.

사람들과의 만남, 서로의 아픔을 감추며 웃고 떠드는 장애인들

2002년 한국방문 때 정립회관에서 옛 회원들을 만났다.

의 공동체를 통해서 인연이라는 귀한 만남의 기쁨을 경험했다.

미국에 이민 가기 전까지 장애인들이 주최하는 음악회도 참여하며 즐거움도 나누는 짧은 4년의 활동을 했다.

특히 청년 모임에서 음악회를 주최했는데 그때에 장애인 그룹인 현악 4중주, 클래식 기타리스트, 나, 그리고 테너 엄정행씨가 협연했다.

난 처음으로 공적인 자리에서 쇼팽의 "즉흥환상곡 op.6"을 연주했다.

그러나 그때까지도 페달을 밟을 수 없어서 페달 위에 발을 얹어 놓기만 했다.

음악회로 인해 조금 용기가 생겼고 2살 터울 동생이 명동에 가서 칼국수를 먹자고 해서 흔쾌히 외출도 하였다.

역시 택시 잡기 힘들었고, 사람들의 시선은 왜 그리 집중되었는지, 가던 길이나 가지 웬 관심이 그리도 많은지…

어른들은 한마디씩 가던 길을 멈추고 "어쩌다 젊은 색시가 이렇게 됐어? 쯧쯧쯧.

젊은 청년들은 "저 여자는 예쁜데 안됐다" 라며 야유와 놀림이 일쑤였다.

아무리 참으려 해도 화가 난다. 무엇보다도 마음 아픈 것은 놀림의 대상이 된 나 때문에 형제들이 힘들까봐 그것이 더 견디기 어려웠다.

나는 당사자니까 이런 말을 들었지만 함께 간 형제들에게 미안한 마음이 들어 외출을 자제하게 되었다.

그러나 그럴수록 다시 용기를 내었고 가능한 외출은 힘들어도 나 혼자 하기로 했다.

2부

예수님을 처음 만나다

10 온 가족 미국으로 이민

어떤 분들은 장애인이 된 것을 '팔자소관'이라고 말하기도 한다. 이는 운명은 어쩔 수 없다는 비관적인 의미를 담고 있다.
그러나 흔히 말하는 팔자는 없다고 믿는다.
장애인이 된 것은 나의 의지와 상관없이 이루어진 어찌할 수 없는 일이었지만 그런 팔자를 타령하며 사는 것은 더 이상 용납할 수 없다는 생각에 그것에 머물지 않는다면 인생은 달라질 수 있다고 생각했다.
그래서 장애인이 된 것에 대해 더 이상 머무르지 않고, 이 삶에서 어떻게 다른 삶을 살 수 있을지를 자살 시도 이후에 생각하며 살기 시작했다.

그러던 중, 언니의 초청으로 우리 가족은 1978년 6월부터 3차례에 걸쳐 모두 미국 LA로 이민을 오게 되었다.

제일 먼저 작은 오빠와 여동생들이 왔는데, 작은 오빠는 평소 못질도 못하던 사람이 미국에서 막노동을 하며 고생하자 나에게 오지 말라고 했다.

그래서 나도 망설이며 두 번이나 비자를 연기했다. 그러나 아무리 미국이 살기 어렵다고 해도, 당시 한국보다는 나을 것이라는 생각에 결국 이민을 결심하게 되었다.

특히 언니가 우리 가족을 초청한 이유 중 하나는 장애인의 천국이라는 미국에서 내가 살아가면 한국보다는 좀 더 나은 삶을 살 수 있지 않을까 하는 기대 때문이었다.

결국 한국을 떠나기로 최종 결심했고, 1978년 12월 22일, 미국행 비

아버님 환갑사진. 손주들과 함께

행기에 몸을 실었다.

사랑하는 많은 제자들은 김포공항까지 나를 전송하며 울면서 아쉬워했다.

나는 "내가 성공해서 피아니스트로, 사회사업가로 돌아올게"라고 결심을 말하고 한국을 떠났다.

그때 가진 것이 없는 난 무슨 배짱으로 무엇을 믿고 무슨 힘으로 그런 말을 했는지 모르겠다.

그러나 어찌됐든 단 한 번도 그 말에 대한 의심이나 낙심을 해 본 적은 없었다.

한 가지 나의 피아노 실력이 어느 정도인지 평가를 받고 싶었다. 그래서 수소문하여 서울대학교 피아노 선생님을 찾아 방문했다. 그 선생님은 나의 모습을 보고 놀라며 물었다.

"무엇을 원하느냐?"는 질문에 "내가 앞으로 피아노 공부를 계속해야 할 지 평가를 해 달라"고 했다.

선생님은 연주를 들어보시더니 "페달을 밟지 못해도 많은 곡들을 이미 마스트 했으니 멈추지 말고 계속 공부해도 되겠다"라고 긍정적인 말씀을 해주셨다.

나에겐 그 희망적인 말이 피아노를 계속하게 된 계기였던 것 같다.

'아메리칸 드림'을 이룰 수 있다는 믿음으로 언젠가 성공해서 피아니스트로, 사회사업가로 돌아올 것이라는 꿈을 품고 있었다.

사람은 평소 어떤 생각을 하고 어떤 말을 하느냐에 따라 인생이 달라질 수 있다는 말이 있다. 나도 공항에서 했던 말을 언젠가는 실현할 수 있도록 꾸준히 노력해 왔다.

어떤 분들은 장애인이 된 것을 '팔자소관'이라고 말하기도 한다. 이는 운명은 어쩔 수 없다는 비관적인 의미를 담고 있다.

그러나 흔히 말하는 팔자는 없다고 믿는다.

장애인이 된 것은 나의 의지와 상관없이 이루어진 어찌할 수 없는 일이었지만 그런 팔자를 타령하며 사는 것은 더 이상 용납할 수 없다는 생각에 그것에 머물지 않는다면 인생은 달라질 수 있다고 생각했다.

그래서 장애인이 된 것에 대해 더 이상 머무르지 않고, 이 삶에서 어떻게 다른 삶을 살 수 있을지를 자살 시도 이후에 생각하며 살기 시작했다.

비록 성공한 피아니스트나 사회사업가로 돌아가지는 못했지만, 이후 선교를 통해 한국을 자주 방문하며 옛 제자들을 만나는 기쁨을 누렸다.

11 나를 위해
죽으신 예수님

설교하던 목사님이 "하나님은 사랑이시다. 너를 위해 십자가에
못 박혀 죽으셨다"라는 말씀이 귀에 못 박히듯 쩡쩡 울렸다.
나를 향한 손가락과 함께 벼락 치는 듯한 소리에 놀라 "대체
그가 누구이기에 나를 위해 죽었단 말인가?" 생각에 갑자기
뜨거운 눈물이 흘러내리기 시작했다.
소아마비 딸을 살리기 위해 그렇게 애썼던 부모님은 대신 죽
어서라도 나를 고칠 수만 있다면 하셨는데, 예수님이 나를 위
해 죽으셨다는 말에 통곡하며 울었다.
지금도 그날 예수님을 만난 순간을 생생하게 기억한다.

그 당시는 하와이를 경유해서 L.A로 왔는데 작은 오빠가 공항으로
마중을 나왔다. 집으로 가는 길은 넓고 하늘이 파랗고 너무 맑았다. 난
모든 것을 다 할 수 있을 것 같았고, 그런 느낌은 빗나가지 않았다.

미국에 와서 가장 인상 깊었던 것은 사람들의 시선이 집중되지 않
는다는 점이었다.

더구나 장애인에게도 이상한 눈빛을 보내지 않고 미소로 대하는 모
습이 낯설었지만, 동시에 신기하고 마음이 편했다.

화장실에 들어가니 우리 집 방보다 더 큰 것을 보고 그렇게 기쁠 수
가 없었다.

특히 아무 곳에서나 장애인용 화장실을 갈 수 있는 것이 신기했다.

이제부터 마음껏 커피, 음료수 뭐든 먹어도 되겠구나! 너무 좋았다.
화장실보고 미국이 좋다고 기뻐한 사람 또 있을까!!

이런 장애인용 화장실의 존재는 정상인에게는 대수롭지 않고 신기

하게 들릴지 모르지만 휠체어 장애인에게는 얼마나 중요한지 모른다.

미국에서 장애인들에게 정상인과 특별하게 다른 대우는 없다. 장애인들도 당당하게 자기 권리와 능력을 발휘하며 살아가도록 동등한 인격으로서 대우를 해 주었다.

미국에서는 장애인이 차별받지 않고 여러 면에서 자유롭게 먹고 마시며 화장실을 갈 수 있었는데 이 자체가 심리적, 정신적으로 얼마나 큰 부담을 덜어주는지 실감했다.

한국에서 우리 집은 예수님을 믿지 않았다. 부모님은 아무 종교도 없었고, 일 년에 두 번씩 큰 굿을 하고, 두 번 고사를 지냈다.

오직 딸을 낫게 하겠다는 일념으로 이루어진 어머니의 믿음의 행위였다.

기독교 가정이 아닌 우리는 교회를 몰랐다. 어릴 적 나는 집 옆에 있는 교회에서 크리스마스 행사에 피아노 치고 선물 받아 가라고 해서 선물 받아온 적이 있었다.

믿음이 없었던 나였지만, 미국에서는 교회를 다닌다는 이야기를 들었다. 그러나 생각하는 종교는 뉴스에서 보던 명동 성당의 천주교였다.

천주교 성당의 엄숙하고 거룩한 모습만이 예수님을 믿는 종교 같았다.

미국으로 이민 온 후, 첫 12월 성탄주일에 둘째 동생의 권유로 집 근처 한인교회에 처음 나갔다.

태어나서 처음 가본 교회였는데, 장애인인 나를 처음 본 사람들이 자꾸 쳐다보는 것이 매우 불편했다.

교회는 세상과 다를 줄 알았는데, 마치 동물원 원숭이 보듯 자꾸 쳐다보고 쑥덕거리는 것에 크게 실망했고, 교회에 다시 가지 않겠다고 결심했다.

그러던 중 둘째 동생은 친구 언니에게 나를 전도해달라고 했다. 그녀가 나를 찾아와 하는 말은 한마디도 이해할 수 없었다.

나는 불편한 심기로 "아, 네, 네" 하면서 듣는 둥 마는 둥 하였다.

그러나 기도하는 순간 마음이 뭉클하며 눈물이 나올 것 같아 얼른 마음을 추스르며 이게 뭘까? 내가 왜 이러지 하는 생각이 들었다. 그리고 그 순간을 잊었다.

동생 친구 언니는 다음날 교회에서 부흥회가 있다며 꼭 참석해 달라고 당부했다.

교회에 가지 않겠다고 우겼지만, 그녀의 성의를 봐서 마지막으로 한 번만 가겠다고 약속했다.

그러나 그것은 끝이 아니라 시작에 불과했다.

1979년 1월, 미국 생활 한 달 만에 동생과 교회 친구들이 내 의지와 관계없이 나를 부흥회에 데리고 갔다.

거절하지 못한 나는 모두에게 화가 났다. 동생과 친구들은 나를 앞자리에 앉히고, 자신들은 보이지 않는 뒷자리에 앉아 있어, 부흥회 내내 불편했다.

둘째 동생과 주변 사람들에게 화가 나서 속이 부글부글 끓었다. 교인들은 뜨겁게 찬양하면서 박수를 치고 있었는데, 마치 어릴 적 집에서 보았던 무당굿이 떠올랐다.

설교를 듣고 있었지만, 아무것도 들리지 않고 지루하기만 했다. 정말 잘못 왔다는 후회만 하며, 끝날 시간만을 기다리고 있었다.

그러던 중, 설교하던 목사님이 "하나님은 사랑이시다. 너를 위해 십자가에 못 박혀 죽으셨다"라는 말씀이 귀에 못 박히듯 쩡쩡 울렸다.

나를 향한 손가락과 함께 벼락 치는 듯한 소리에 놀라 "대체 그가 누구이기에 나를 위해 죽었단 말인가?" 생각에 갑자기 뜨거운 눈물이 흘러내리기 시작했다.

소아마비 딸을 살리기 위해 그렇게 애썼던 부모님은 대신 죽어서라도 나를 고칠 수만 있다면 하셨는데, 예수님이 나를 위해 죽으셨다는 말에 통곡하며 울었다.

지금도 그날 예수님을 만난 순간을 생생하게 기억한다.

이상하게 들릴지 모르지만, 나는 부모님을 원망할 수는 없었으나 믿지 않았던 하나님께는 수없이 원망하며 물었다.

"왜 내가 장애인이 되었는지, 무엇을 잘못해서 이렇게 되었는지...?"

그런데 그 분이 나를 위해 고난받고, 죽으셨고, 부활, 승천하신 것은 내가 예수님과 함께 살게 하기 위한 것임이 믿어졌다.

믿음이 없던 나에게 하나님이 믿어지는 기적의 경험을 하게 되었다. 이 세상에서 어떤 사람도 나를 위해 대신 아파줄 수 없고, 고통도 나눌 수 없으며, 나를 자기 목숨만큼 사랑하는 부모님조차 대신 죽어줄 수 없는데, 예수님은 나를 위해 죽어주셨다.

그토록 절망의 구렁텅이에서 몸부림치며 헤어나지 못하던 나를 위해, 삶의 소망이 없던 나를 위해 죽어주셨다.

나를 사랑하기 위해 죽어주신 예수님의 사랑 앞에 기도하는 방법도 모른 채 그저 울기만 했다.

이제껏 하나님을 믿지 않고 살았던 나, 하나님이 나를 이렇게 사랑하는데 그것을 알지 못한 나는 하나님을 원망하며 살았다.

"나를 용서해 주세요. 저도 예수님을 믿겠습니다."라고 기도했다.

그 순간 하나님 사랑의 전율이 온몸을 감싸는 것을 느꼈다. 이 경험이 나의 인생을 송두리째 바꾸어 놓았고, 너무 고마워서 너무 기뻐서 지금 이 간증을 하는데도 감사와 감격의 눈물을 감출 수가 없다.

12 기적이 일어나다

부흥회가 끝나고 집으로 돌아왔을 때, 둘째 동생이 나를 업고 2층으로 올라갔다.

이때 내가 들고 있던 두 개의 지팡이 중 하나가 밑으로 떨어졌다. 동생은 2층에 올라가 나를 소파 옆에 세워두고, 떨어진 지팡이를 찾으러 아래층으로 내려갔다.

그런데 소파 옆에 서 있던 내가 지팡이 하나만으로도 나도 모르게 혼자서 화장실로 성큼성큼 걸어갔다.

이전에는 항상 두 개의 지팡이가 있어야만 걸을 수 있었기 때문에, 이런 일은 처음이었다.

보조기와 지팡이 없이는 일어서지도 못하고 중심을 잡지도 못하던 내가 혼자 지팡이 하나만 가지고 움직인 것을 보고, 동생은 처음 본 광경에 기겁하고 놀라며 기적이 일어났다고 함께 붙잡고 울었다.

부흥회에서 예수님을 처음 만난 후, 나에게 놀라운 기적이 일어났다. 발가락 하나도 움직이지 못하던 왼쪽 발목에 힘이 생기고, 피아노 페달을 밟을 수 있게 되었다.

의사들은 절대 그런 일이 일어날 수 없다고 한 일이 나에게 일어났다.

1살 때 소아마비를 앓아 걷지 못하게 되자, 초등학교를 졸업할 때까지 남의 등에 업혀 살아야 했다.

그러나 장기간 업혀 다니자 다리가 구부러지고 굳어지기 시작했고, 아버지는 안 되겠다며 내가 장차 어떻게 살아갈 수 있을지 염려하고 혼자 걸을 수 있도록 보조기를 몸에 착용하게 하셨다.

말이 보조기이지 그 보조기는 마치 인간 로봇 같았다.

하체에 힘이 없으니 허리에 벨트를 매고, 양옆에 다리와 연결하는 고리가 있었다. 또 무릎 벨트에도 고리가 있어 군화 같은 속 신발과 연결했다.

보조기는 가벼운 플라스틱이 아니라 금속으로 만들어져 무거웠을 뿐만 아니라 서 있을 때는 고리를 세워야 하고, 앉을 때는 다리의 고리를 접어야 하는 불편함이 있었다.

다리 벨트는 내가 풀고 접을 수 있었지만, 허리 벨트의 양옆 고리는 남의 도움이 필요했다.

뿐만 아니라 걸을 때는 양 겨드랑이에 목발을 짚어야 했다. 보조기를 착용하고 걸으려니 10년간 굳어 있던 다리를 억지로 눌러야 했기에 매우 아팠다.

그러나 이 같은 고통 속에서도 밖으로 나갈 수 있다는 기쁨으로 참으며 많은 훈련을 했다.

아버지는 아예 집에다가 양쪽으로 철봉을 만들어 잡고 걸을 수 있도록 연습시켰다.

이같은 보조기 걸음에 익숙해져, 18세 이후에는 긴 치마로 다리를 가리고 양쪽에 목발을 짚고 외출을 시작했고 바닷가를 걷기도 했다.

내가 봐도 로봇처럼 기우뚱 기우뚱거리고 다리를 질질 끌고 걷는 모습이 무척 안타깝게 보였다.

쇠로 만든 보조기는 너무 무거워 허리 벨트를 한 주위는 새까맣게 멍들었고, 목발을 짚은 양 겨드랑이는 피부가 죽어 새까맣게 변했다. 그러나 이러한 고통을 누구에게도 말하지 못했다.

부흥회가 끝나고 집으로 돌아왔을 때, 둘째 동생이 나를 업고 2층으로 올라갔다.

이때 내가 들고 있던 두 개의 지팡이 중 하나가 밑으로 떨어졌다. 동생은 2층에 올라가 나를 소파 옆에 세워두고, 떨어진 지팡이를 찾으러 아래층으로 내려갔다.

그런데 소파 옆에 서 있던 내가 지팡이 하나만으로도 나도 모르게 혼자서 화장실로 성큼성큼 걸어갔다.

이전에는 항상 두 개의 지팡이가 있어야만 걸을 수 있었기 때문에, 이런 일은 처음이었다.

보조기와 지팡이 없이는 일어서지도 못하고 중심을 잡지도 못하던 내가 혼자 지팡이 하나만 가지고 움직인 것을 보고, 동생은 처음 본 광경에 기겁하고 놀라며 기적이 일어났다고 함께 붙잡고 울었다.

다음 날에도 부흥회에 참석했다. 이번에는 어제처럼 목발 두 개를 사용하지 않고, 생애 처음으로 하나만 짚고 갈 수 있었다.

부흥회가 끝나고 지친 몸으로 오른쪽에는 목발을, 왼쪽으로는 계단 난간을 잡으며 계단을 내려오는데, 허리 벨트에서 철커덕 소리가 나며 몸이 휘청거렸다.

다리와 연결된 허리 벨트 고리가 풀어진 줄 알았다. 예전 같으면 벨트가 풀어지면 서 있을 수 없고 넘어질 수밖에 없었지만, 이상하게도 그냥 계단을 내려올 수 있었다.

집에 와서 벨트를 살펴보니, 풀어진 줄 알았던 허리 벨트의 양 고리는 그대로 묶여 있었지만, 금속 벨트가 사선으로 부러져 있었다.

오빠는 허리 벨트를 용접으로 고쳐야 한다고 했다. 그러나 나는 예수님이 고쳐주셨다고 믿고, 허리 벨트를 아예 깨버려 달라고 요청했다.

오빠는 미쳤다고 안 된다고 했지만, 끝까지 예수님이 기적을 베풀어

주셔서 이제 허리 벨트를 하지 않아도 된다고 우겼다.

결국, 허리 벨트를 깨버렸다.

이후부터, 그동안 사용했던 허리 벨트를 없애고, 다리 보조기와 목발만으로도 걸을 수 있는 기적이 일어났다.

그동안 허리 벨트를 하지 않으면 서 있는 것은 물론, 몸이 휘청거려 넘어질 수 밖에 없던 내가 허리벨트를 하지 않아도 된다는 것은 의학적으로도 가능하지 않은 일이었다.

규칙적으로 교회를 간 적도 없고, 전혀 기독교와 무관했던 우리 가족들은 내가 하나님을 경험한 것에 대해 놀라움과 의심을 갖게 되었다.

기적이 일어나 내 온몸의 착용된 메탈 보조 장치들이 무장한 군인이 무장해제를 하듯 하나씩 벗겨졌다.

믿을 수 없는 기적이 일어난 것이었다. 가족들은 서서히 주님을 믿기 시작했고 특히 나에게 일어난 변화를 믿을 수 없다는 듯 하셨던 친정 어머니도 "진짜로 하나님은 계신가보다" 라고 하셨다.

난 가족들과도 말 수가 지극히 적었고, 사람 앞에서 어떠한 말을 하든지 내 안에서 수십 번의 연습을 해야 목소리를 내었던 내가 자발적으로 "나는 하나님을 위해 살겠습니다."라고 많은 사람들 앞에서 고백을 했다.

그 이후에 나의 삶은 바뀌어 목표와 소망이 생겼고 삶의 의미를 알게 되었다. 새로운 인생이 펼쳐지기 시작했다.

13 내 몸의 악령을 쫓아내다

내 안에는 오랫동안 나를 억누르고 사로잡았던 악령이 있었지
만, 하나님은 부흥회에서 예수님을 만나게 하시고, 기도를 통해
그 악령을 쫓아내셨다.
이 같은 사실을 직접 체험하게 된 이후부터 우리에게는 우리를
괴롭히는 마귀의 역사가 있음을 깨닫고, 하나님의 영을 가지고
영적 싸움을 해야 한다는 사실을 알게 되었다.
우리의 싸움은 궁극적으로 세상의 악한 영적 세력과의 싸움이며,
영적 싸움을 통해 주의 능력으로 강건해질 수 있다. 우리를 보호
하는 것은 하나님의 전신 갑주라고 믿는다.

다음 날, 또다시 부흥회에 참석했다. 앞자리에 앉아 있었는데, 강사
목사님이 어제 은혜를 받은 분의 간증을 요청하셨다.

순간, 나는 손을 번쩍 들어 올렸다. 많은 사람들이 일제히 쳐다보았다.

나는 엉거주춤 일어나 돌아서서 말했다. "어제 부흥회에서 하나님이
저를 고쳐주셨습니다. 이제부터 하나님을 위해 살겠습니다."

순간 많은 박수와 아멘이 쏟아졌다.

예전에는 오빠의 친구들이 말을 걸어도 부끄러워 한마디도 말 못하
던 내가, 어디서 그런 용기가 나왔는지 모르겠다.

부흥회 3일째에는 개인적인 기도를 받았다. 부흥강사 목사님이 나를
위해 기도하는 중에, 갑자기 쓰러졌다. 주변 사람들은 내가 쓰러지자
어쩔 줄 몰라 했다.

나중에 주위 사람들에게 들으니, 기도를 받고 쓰러진 후 "우리 손녀
불쌍해서 어떡해, 어떡해..."라고 울면서 말했다고 한다.

이 말은 어렸을 때 어머니가 무당굿을 할 때, 무당이 내 앞에서 "손

녀가 불쌍하다"며 굿을 하던 중에 할머니 귀신이 하던 말이었다.

이 소리를 들은 목사님은 나를 향해 "귀신아, 나가라!"고 강하게 외쳤고, 나는 "안 나간다"고 대답했다고 한다. 목사님이 계속해서 나가라고 반복해 외치자, 나는 결국 잠잠해졌다고 한다.

내 안에는 오랫동안 나를 억누르고 사로잡았던 악령이 있었지만, 하나님은 부흥회에서 예수님을 만나게 하시고, 기도를 통해 그 악령을 쫓아내셨다.

이 같은 사실을 직접 체험하게 된 이후부터 우리에게는 우리를 괴롭히는 마귀의 역사가 있음을 깨닫고, 하나님의 영을 가지고 영적 싸움을 해야 한다는 사실을 알게 되었다.

우리의 싸움은 궁극적으로 세상의 악한 영적 세력과의 싸움이며, 영적 싸움을 통해 주의 능력으로 강건해질 수 있다. 우리를 보호하는 것은 하나님의 전신 갑주라고 믿는다.

"끝으로 너희가 주 안에서와 그 힘의 능력으로 강건하여지고 마귀의 간계를 능히 대적하기 위하여 하나님의 전신 갑주를 입으라. 우리의 씨름은 혈과 육을 상대하는 것이 아니요, 통치자들과 권세들과 이 어둠의 세상 주관자들과 하늘에 있는 악의 영들을 상대함이라" (에베소서 6장 10-12)

"이로써 너희가 하나님의 영을 알지니, 곧 예수 그리스도께서 육체로 오신 것을 시인하는 영마다 하나님께 속한 것이요, 예수를 시인하지 아니하는 영마다 하나님께 속한 것이 아니니 이것이 곧 적그리스도의 영이니라. 오리라 한 말을 너희가 들었거니와 지금 벌써 세상에 있느니라"(요한일서 4장 2-4)

14 처음으로 페달을 밟다

영락교회 청년부에서 나에게 피아노 반주를 요청하여 순종하는 마음으로 피아노 앞에 앉았고, 양쪽 무릎의 고리를 풀었다. 왼쪽 다리를 들어 오른쪽 페달 위에 올려놓으며 하나님이 이 날을 위해 피아노를 포기하지 않게 하셨음을 깨달았다.
눈물이 흘러내리며 "하나님 감사합니다, 그런데 페달은 어떻게 하나요." 질문을 하면서 전주를 시작하고 찬양이 시작되었다.
순간 왼쪽 발목이 페달을 누르는 것을 느꼈다. 아니, 어떻게? 다시 발을 움직여 보았다.
이번에는 발목이 미약하지만 움직이는 것을 느꼈다. 온 몸에 전율이 흘렀고 반주하는 동안 눈물로 피아노 건반을 적셨다.
6살에 피아노를 시작해서 17년 만에 내 발로 페달을 밟는 기적을 경험하게 되었다. 이후로 교회에서 반주를 계속하게 되었다.

부흥회를 통해 예수님을 만나게 되자 나는 먼저 교회를 찾기 시작했고, LA 영락교회에 출석하게 되었다.

당시 영락교회에는 약 2,000명의 성도가 있었는데 나는 청년부에 속했다.

담임목사님이셨던 김계용 목사님은 존경받는 목사님으로, 은퇴 후 1990년에 북한 선교를 가셨다가 북한에서 순교하셨다.

청년부에서는 마침 반주자를 찾고 있었고, 나에게 피아노 반주를 요청했다.

순종하는 마음으로 피아노 앞에 앉았고, 양쪽 무릎의 고리를 풀었다.

왼쪽 다리를 들어 오른쪽 페달 위에 올려놓으며 하나님이 이날을 위해 피아노를 포기하지 않게 하셨음을 깨달았다.

눈물이 흘러내리며 "하나님 감사합니다, 그런데 페달은 어떻게 하나요." 질문을 하면서 전주를 시작하고 찬양이 시작되었다.

순간 왼쪽 발목이 페달을 누르는 것을 느꼈다. 아니, 어떻게? 다시 발을 움직여 보았다.

이번에는 발목이 미약하지만 움직이는 것을 느꼈다. 온 몸에 전율이 흘렀고 반주하는 동안 눈물로 피아노 건반을 적셨다.

6살에 피아노를 시작해서 17년 만에 내 발로 페달을 밟는 기적을 경험하게 되었다. 이후로 교회에서 반주를 계속하게 되었다.

첫 피아노 선생님이 내 손이 작고 페달을 밟을 수 없다고 거부했던 일이 떠올랐다.

할 수 없어서 그냥 포기했더라면 오늘이 있었을까? 6살 작은 소녀가 "난 이 선생 싫어, 나 피아노 가르쳐줄 선생을 찾아달라"고 엄마한테 졸랐다. 왜, 그랬을까? 난 피아노를 치면서 깨닫게 되었다. 할렐루야!

내 간증을 들은 은혜교회의 한 집사님은 소아과 의사였다. 그는 소아마비 환자의 경우, 하반신이 마비되면 신경이 재생되지 않는다고 믿고 있었다.

간증을 듣고 절대 그런 일이 일어날 수 없다고 했으나, 결국 나의 기적을 직접 목격하고는 충격을 받았다고 고백했다.

후에 장로님이 된 이 의사 분은 그 후부터는 하나님은 죽은 신경도 다시 살릴 수 있다고 간증하고 계신다.

그 후 영락교회에서 3년 동안 청년부 반주자로 봉사하며, 1981년에는 장애인을 위한 자선 음악회를 1,000명이 들어가는 LA 윌셔 이벨 극장에서 개최하기도 했다.

"무식하면 용감하다"는 말처럼 음악을 전공하지도 않았고 초등교육만 받았지만, 하나님께서 여러 음악회에서 나를 사용하셨다.

또, 말을 잘 하지 못할 정도로 부끄러워했지만, 하나님께서 하시니 그의 능력안에서 여러 교회와 모임 등에서 간증도 하고 연주도 할 수 있었다.

이처럼 주일에는 영락교회에서 반주를 하고, 낮에는 피아노 개인 레슨을 하면서도 저녁에는 오후 5-11시까지 6시간 동안 미국 직장에서 키펀치 일을 하면서 열심히 살았다.

정말 하나님이 능력을 주시니 많은 일을 할 수 있어 감사했다.

그러나 온 몸에 무장 해제는 됐지만 여전히 힘없는 다리에 플라스틱으로 허벅지까지는 보조기를 의지했고 오른 손에 목발이 아닌 짧은 케인(cane), 신발은 군화처럼 무거운 것이 아닌 살짝 굽이 있는 구두를 신고 다닐 만큼 허리에는 힘이 생겼다.

이전에 모습과는 많이 달라진 나는 한껏 폼을 냈던 것 같다.

15 발 대신 손으로 차 운전

미국에서는 장애인도 핸드 컨트롤을 설치하면 발을 사용하지 않고도 손으로 운전할 수 있다는 사실을 알게 되었다.
운전면허 시험을 보려 했지만, 장애인은 정신 질환 검사 등으로 인해 1년이 걸린다는 말에 포기했다. 대신 정상인과 똑같이 당당하게 운전면허 시험을 보기로 했다.
이후 운전 연습을 받았고, 프리웨이 운전까지 한 후 필기시험과 실기시험에 당당히 한 번에 합격했다.
한국에서는 장애로 인해 걷지 못해 밖에 나가지도 못했던 내가 이제는 자동차를 운전하며 고속도로를 마음껏 달리고, 어디든 자유롭게 갈 수 있는 날개를 단 셈이었다.

소아마비로 어릴 적부터 업혀 다녔기 때문에 다리가 구부러져 있었다. 그래서 한국에 있을 때 세브란스 병원 정형외과에 가서 다리를 펴는 수술을 받을 수 있는지 상담했었다.

전문의는 수술이 가능하나 한 번에 할 수는 없고 오른쪽, 왼쪽을 따로따로 6개월 이상의 회복기간을 거쳐서 수술해야 한다고 했다.

무릎이 10cm나 구부러지니 허리도 휘어져 앉는 것이 매우 불편하고 아팠기 때문에 상담을 했는데 미국 비자를 더 이상 연기 할 수 없어 수술을 포기할 수밖에 없었다.

미국에 온 후, LA 영락교회를 다닐 때 만난 분으로 LA의 큰 시립병원에서 통역을 하셔서 그분의 도움으로 정형외과 의사와 상담을 받았다.

그곳에서는 한 번의 수술로 다리를 펼 수 있다는 긍정적인 답변을 받았다.

하지만 그 수술이 다리에 힘을 주거나 하는 것이 아님을 정확히 알고 수술 결정을 하라고 했다. 그 수술을 할 수 있다는 말에 망설임 없이 일정을 잡았다.

수술 후 눈을 떠보니 가슴부터 발끝까지 통 깁스(cast)를 하고 있었다. 마취가 깨면서 통증을 느끼는데 정말 너무 아파서 눈물만 났다.

1살 때부터 5-6번의 수술은 어려서 얼마나 아팠는지 기억이 없다. 아버지가 그 아픔의 눈물을 같이 흘리셨다는 이야기를 들었다.

1979년 24살 당시 그 날에 아픔을 재현하듯 통증으로 몸부림을 치고 있었다.

결국 주사로 통증을 완화시켰으나 반복되는 아픔에 "하나님, 너무 아픕니다. 하며 성경을 가슴에 안고 울고 있었다.

그 때, 주님의 십자가 고난의 그 모습이 내게 환상처럼 스쳐 지나가는데 "그렇지, 우리 주님은 마취 없이 손과 발에 못이 박히고 가시 면류관을 머리에 쓰시고도 죄인을 향한 긍휼의 기도를 하셨지", 나는 적어도 수술하는 동안 마취로 인해 통증은 몰랐지 않은가!

이 아픔을 주님의 십자가 고난에 비할 수 있을까? 주님, 감사합니다. 주님의 십자가 고난에 동참하게 해 주시고 나를 향한 사랑에 감사합니다.

얼마나 울었는지, 한참 후 난 모든 통증이 사라진 것을 알았다.

의사도 놀라서 혹시 너 아프다는 거 꽤 부린 거 아니야? 하며 농담을 한 그 날이 지금도 생생하게 기억난다.

통 깁스로 굴러다니는 내 모습, 상상만 해도 웃긴다. 그러나 그런 모습이 6개월 지나니 키가 커지고 다리가 쭉 펴져서 바닥에 닿게 되었다.

믿기지 않는 키 커진 내 모습을 거울에 비쳐보기도 하고, 다리와 허리가 펴지니 앉아있는 것도 매우 편해졌다 .

이처럼 미국에 와서 몸이 더 좋아졌는데, 마침 미국에서는 장애인도 핸드 컨트롤을 설치하면 발을 사용하지 않고도 손으로 운전할 수 있다는 사실을 알게 되었다.

그래서 한국에서 피아노를 판돈으로 자동차 한 대를 샀다.

운전면허 시험을 보려 했지만, 장애인은 정신 질환 검사 등으로 인해 1년이 걸린다는 말에 포기했다. 대신 정상인과 똑같이 당당하게 운전면허 시험을 보기로 했다.

이후 오빠가 아는 사람을 통해 운전 연습을 받았고, 프리웨이 운전까지 한 후 필기시험과 실기시험에 당당히 한 번에 합격했다.

한국에서는 장애로 인해 걷지 못해 밖에 나가지도 못했던 내가 이제는 자동차를 운전하며 고속도로를 마음껏 달리고, 어디든 자유롭게 갈 수 있는 날개를 단 셈이었다.

3부

장애인 돕는
장애인 선교사

16 장애인 선교사가 되다

1982년, 27살의 나이에 시작한 장애인 선교는 장애인들에게 복음을 전하며 그들의 삶을 인도하시는 주님을 만나게 하는 것을 목적으로 했다.

다녔던 직장에서 보장된 건강보험도 있었고 피아노 레슨을 포함하여 꽤 수입이 많았다.

그럼에도 평범한 일상을 포기하는데 한 치에 망설임 없이 주의 일 부르심에 순종할 수 있었던 것은 나와 같은 장애인들에게 복음을 전하며 사는 것, 내게 주신 재능 피아노를 통해 하나님 찬양을 함께 하고 싶었기 때문이다.

　

이민 와서 2-3년 사이에 엄청난 삶의 변화는 또 다른 마음의 갈증을 느끼게 했다. 이전과 다른 변화된 삶은 전적인 하나님의 은혜인데 난 이대로 나만을 위한 삶을 사는 게 행복할까?

처음 은혜받고 "난 하나님을 위해 살겠다고"한 약속을 어떻게 이루어 갈 것인가? 고민했다.

그때 알고 지내던 장로님이 개척을 하시면서 나에게 함께 할 것을 요청했다. 장로님이 성경공부를 인도할 때 친구와 한 번 참석했는데 거기서 반주해 달라고 하신 것이 어쩌면 나의 갈증을 풀어내는 계기가 되었던 것 같다.

계획하지는 않았지만 한번 앉았던 피아노 자리가 나의 자리가 되었고, 그 장로님은 1982년 5월에 Fullerton에 있는 은혜 한인교회를 개척을 하면서 나를 장애인 선교사로 임명하며, 장애인들에게 예수님을 전하는 사명을 맡겼다.

교회를 개척한 김광신 목사님은 선교 지향적인 교회를 목표로 하여, 교회 재정의 50%를 선교비로 사용할 만큼 선교에 대한 열정이 뜨거운 목사님이었다.

특히 사회에서 소외되기 쉬운 장애인들을 전도하기 위해 나를 장애인 담당 선교사로 임명했고 곧바로 "실로암선교회"를 만들어 주일예배와 선교를 담당하게 되었다.

한국을 떠나올 때, 피아니스트가 되고 사회사업가로서 사람들을 도우며 살겠다고 호언장담했던 내 모습을 하나님께서는 부끄럽지 않게 하셨다.

하나님은 피아노를 포기하지 않게 하셨고, 주신 재능으로 찬양 사역을 하도록 이끄셨으며, 생명이신 예수님을 나눔으로 사람을 살리는 일에 사용하셨으니, 모든 영광을 주님께 돌린다.

1982년, 27살의 나이에 시작한 장애인 선교는 장애인들에게 복음을 전하며 그들의 삶을 인도하시는 주님을 만나게 하는 것을 목적으로 했다.

다녔던 직장에서 보장된 건강보험도 있었고 피아노 레슨을 포함하여 꽤 수입이 많았다. 그럼에도 평범한 일상을 포기하는데 한 치에 망설임 없이 주의 일 부르심에 순종할 수 있었던 것은 나와 같은 장애인들에게 복음을 전하며 사는 것, 내게 주신 재능 피아노를 통해 하나님 찬양을 함께 하고 싶었기 때문이다.

사역을 하면서도 교회 예배 반주, 장례 예배, 심지어 결혼식까지 모든 반주는 도맡아서 해야 했다.

장애인 부서에서 주일예배 인도하고 특히 교회 밖에 선교도 자유롭게 할 수 있는 자리였기에 평일에는 마켓 앞에서 또는 각 가정을 찾아다니며 예수님을 전하고 예배를 드렸다.

나는 이 모든 것들을 감당하고 있었다. 장애인 가정을 방문하거나 장애인들을 픽업도 하면서 LA 뿐만 아니라 샌프란시스코 등 나를 필요로 하는 모든 이들을 마다하지 않고 다녔다. 참 기뻤고, 행복했고, 보람 있었다.

LA는 오래된 건물이 많아 때로는 2층을 계단으로 올라가야하는 경우도 있다. 한쪽 난간을 잡고 한 계단씩 올라가느라 힘이 드는데도 왜 그리 흥분 되었는지.

소낙비가 쏟아지는 날 운전하면서 "하나님 내가 가야 할 곳에 도착하면 이 비를 멈추게 해 주세요" 하며 기도한다.

기도한 것을 믿으며 목적지에 도착하면 거짓말 같이 비는 멈추었다. 이와 같은 경험이 한두 번이 아니다.

언젠가 목사님 가정을 방문했다. 3남매 중 두 아이가 지적 장애인이다. 언어, 신체, 인지 지능이 모두 부족한 자녀로 인해 목사님이 목회를 하지 못하고 두 아이들을 돌보고 있다.

가장 힘든 것은 사람들이 무심코 던지는 한 말, "목사가 우리가 모르는 죄가 있나봐, 그러니 아이가 저렇지"

또 누군가가 무심코 말을 던진다. "목사가 뭐 그런 말로 힘들어하냐고"

과연 하나님도 그리 생각하실까요? 라는 질문을 남기고 난 그 목사님 가정의 위로와 평강을 위해 기도했다.

내가 알고 있는 여러 목사님들의 자녀들이 장애를 갖고 있는 것도 보았다.

얼바인에 실제로 목회하시는 목사님 가정에 장애 아동이 있었다. 신학교 교수이기도 한 분인데 그 가정을 방문할 때까지 장애아동을 키우고 있는 줄 몰랐다.

집 문 앞에서 마주친 목사님은 잠시 당황스러워 하시며 곧바로 자리를 뜨셨다.

한국 정립회관에서 사귄 동생 장애인이 미국에 왔다고 연락이 왔다. 반가움은 잠시 그녀는 말한다.

"언니, 내가 왜 미국에 왔는지 알아? 아들이 나 때문에 놀림당하는 것을 보고 학부모 모임이 있어도 갈 수가 없어 아들이 더 놀림 받을까봐 그래서 이민 온 거야"

그녀는 한 쪽 다리를 절뚝거리지만 보조기 없이 걸을 수 있고 활동이 나보다 훨씬 자유롭다. 그럼에도 이민을 결정한 그녀는 미국에서 잘 지내고 있다.

한국에서 장애인뿐만 아니라 다문화권 가정 등 그 외에 나와 다른 이유로 부당한 일을 겪는 사람들이 있다. 지금은 한국이 많이 달라진 것에 기쁘다.

그러나 사람들의 인식, 생각의 전환이 없으면 함께 사는 세상, 더불어 사는 세상은 어려울 수밖에 없다.

장애의 정도는 개인차가 있지만, 정말 심한 사람들은 인간으로서의 존엄을 유지하기 어려운 고통스러운 환경에 처한 경우가 많다는 것을 알게 되었다.

한 가정에서 모두 정신적, 지체 장애를 가지고 태어난 경우도 있었으며, 여러 형제 중 두 남매가 장애를 가지고 있는 가정도 있었다.

그들을 돌보는 일은 일반가정에서는 알 수 없고 이해할 수 없는 고통이 따르는 것을 심방 중에 접하게 되면서, 현실적으로 그들에게 필요한 복지를 위해 일하기 시작했다.

하나님께서는 참으로 많은 것을 주셨다. 영원한 생명을 주셨고, 지옥 불에서 건져 주셨다.

그리고 동역자로 나의 다리가 되어주겠다고 하신 남편(임성호)이 목사가 되었고, 두 아들도 주셨다.

휠체어를 타고 다니면서도, 나를 사랑하시어 독생자를 아낌없이 내어주신 예수 그리스도를 전하는 것은 그 안에 생명이 있기 때문이다.

나는 장애인으로 살아가는 것이 억울했었는데 예수 그리스도를 믿지 못했더라면 더 억울했을 것이다. 나는 생명이 다하는 날까지 예수를 전할 것이다.

"우리가 아직 죄인 되었을 때에 그리스도께서 우리를 위하여 죽으심으로 하나님께서 우리에게 대한 자기의 사랑을 확증하셨느니라."(롬 5:8) " 내가 환난 중에 여호와께 부르짖었더니 내게 응답하셨도다." (시 120:1)

"여호와는 너를 지키시는 자라 여호와께서 네 우편에서 네 그늘이 되시나니, 낮의 해가 너를 상치 아니하며, 밤의 달도 너를 해치 아니하리로다. 여호와께서 너를 지켜 모든 환난을 면케 하시며, 또 네 영혼을 지키시리로다." (시 121:5-7)

감사한 것은, 장애인 사역을 하면서 많은 하나님의 사람들을 만나고 어려운 장애인들을 만나게 된 것이다.

그때마다 과거에 장애인으로 차별받고 낙심으로 삶을 포기해 자살을 시도했던 내가 예수님을 만나는 기적을 체험하고 피아노를 연주하게 되었다고 간증하면, 그들은 나의 이야기와 피아노 연주 모습에 소망과 용기를 갖게 되었다고 말해 감사하다.

17 장애 여성에게 청혼한 남자

평소 나의 아버지는 "너는 결혼하지 말고 아버지랑 살자"라고
늘 말씀하셨다.
그때마다 왜 나는 결혼하지 말라 하실까?
장애인이 된 것도 억울한데 학교도 결혼도 다 할 수 없다고 하
시니 난 다짐했다.
"결혼은 할 것이다. 아버지와 같이 살지 않을 거라고"
그런데 정말 결혼하자는 사람이 나타나니 겁이나 처음에는 거
절하고 만나지 않았다.

　1989년 2월25일, 하나님께서는 "나와 결혼하지 않으면 혼자 살겠
다"는 멋진 남자를 보내주셔서 결혼을 하게 되었고, 두 아들도 주셨다.
　그러나 결혼 과정은 결코 순탄하지 않았다.
　남편은 나보다 늦게, 1985년에 이민을 온 후, 내가 섬기고 있던 은혜
장로교회 청년회 회장으로 봉사하고 있었다.
　청년회는 장애인 선교회 바로 위층에 있었고, 같은 건물에 위치했기
에 선교회에 나오는 장애인들도 청년회에 참여하며 회장을 오빠라고
부르기도 했다.
　자연스럽게 청년회장인 임성호 집사를 만나 인사를 나누었지만, 전
혀 관심을 두지 않았다. 당시 나는 32살이었고, 그는 나보다 5살이나
어렸다.
　더구나 이때에는 교회에서 반주를 하고 장애인 사역에 열심히 매진
하고 있었기에 결혼은 생각할 시간조차 없었다.
　임성호 집사는 청년회장 임기를 마치고 나를 찾아왔다. 장애인 사역

에서 봉사하고 싶다고 말했다.

그러면서 피아노 반주하는 모습을 여러 번 보았다며, 청년회장 임기가 끝나면 어디서 봉사할지 생각하다가 장애인 사역부로 결정했다고 강조했다.

봉사자가 많이 필요한 부서여서 젊고 건강한 남성이 도와준다는 말에 큰 도움이 되겠다는 생각이 들어 오히려 감사했다.

임 집사의 부모님도 같은 은혜교회에서 집사로 섬기고 있었다. 그 부모님은 나를 찾아와 우리 아들이 장애인 선교부에서 봉사하게 되어 기쁘다고 말하기도 했다.

그 후 임 집사는 장애인 선교 사역에 적극적으로 봉사했다. 장애인을 위한 부흥회가 있었을 때, 장애인들을 집에서 교회로 운전해 교통편의를 제공하는 등 중요한 역할을 많이 했다.

3개월 후 어느 날, 선교회원들 픽업을 마치고 돌아오는 길에 그는 나에게 애매한 질문을 했다.

"혹시 평신도가 주의 종을 사랑하면 죄가 되나요?"

엉뚱하지만 순수한 질문에 나는 상담자의 입장에서 대답했다.

"그것이 무슨 죄가 되겠나요? 주의 종이라는 것은 직분이지 인격이 아니기 때문에 사랑할 수 있지요"

내 대답에 그는 안심하고 돌아가는 듯 했다.

한 달 후, 찬양대와 연습을 하고 있는데, 그가 할 말이 있다며 찾아왔다. 지금 연습 중이니 기다리라고 하며, 밖에서 만나자고 했다. 저녁 10시쯤 만났고 그날 임 집사는 선교사님을 좋아한다며 결혼해 줄 것을 간청했다.

정말 그의 말에는 진지함이 있었다.

그러나 그 말을 받아들일 수 없었다. 나를 좋아해 결혼해 달라는 말도 평생 처음 들었지만 나보다 어린 남자가 배우자라는 생각은 해 본 적이 없었다.

어려서부터 성숙한 나의 정신세계는 적어도 5살 이상의 생각과 행동을 한 것 같다.

물론 학교 친구가 없었지만 나는 거의 나보다 나이 많은 사람들을 상대로 대화했고 인생을 논했다.

동갑내기조차 어리게 보았던 내게 5살 연하의 남자가 갑자기 결혼하자고 청혼해 왔다. 고백과 동시에 청혼 ……??

나는 그를 남성이 아닌 자원봉사자로만 생각했었다.

나에게 뺨 맞을 각오로 고백했다는 그를 보며 "어머나, 큰일 났네"라는 생각과 혹이라도 나로 인해 그가 상처받고 교회를 떠나게 되면 귀한 자원봉사자를 잃을 것이라는 우려가 먼저 들었다.

나는 결혼은 아직 생각도 못했다며 화제를 다른 데로 돌리고, 그동안의 봉사에 대해 감사의 말을 전했다.

솔직히 남편은 좀 약해 보였다. 그리고 매우 내성적이었다. 그것이 그다지 마음에 들지 않았다. 생각해둔 이상형은 없었지만 왠지 듬직한 느낌은 아니었다.

그런데 남편이 장애인 부서에서 여러 달 봉사하는 모습에서 의지되고 믿어지는 모습이 외모와는 다르게 느껴졌다.

남편은 결혼에 대한 확고한 마음이 흔들리지 않았고 자신이 결정한 것은 자신만에 대한 생각이 아니라 하나님께서 주신 배우자라는 확신이 있기 때문이라고 했다.

부모님의 반대, 형제들조차 남편의 편은 아무도 없었다.

평소 나의 아버지는 "너는 결혼하지 말고 아버지랑 살자"라고 늘 말씀하셨다. 그때마다 왜 나는 결혼하지 말라 하실까? 장애인이 된 것도 억울한데 학교도 결혼도 다 할 수 없다고 하시니 난 다짐했다.

"결혼은 할 것이다. 아버지와 같이 살지 않을 거라고"

그런데 정말 결혼하자는 사람이 나타나니 겁이나 거절하고 만나지 않았다.

아버지는 단호하게 말씀하셨다.

"나 외에 남자는 다 도둑놈이다. 믿을 수 없다"

어떤 사람이 장애인 여자와 결혼하겠냐는 속상함에 한탄이셨다. 그런데 아버지는 32살에 갑자기 웬 청년이 나타나 "결혼하고 싶다고" 하니 당황스러웠다고 하시며 "너는 어떠냐"고 물으셨다. 아무 대답도 하지 못했다.

그 후 선교회 국장 장로님이 임 집사가 선교사님을 좋아하는 것 같다며, 음흉한 눈초리로 항상 나를 보고 있다고 약을 올렸다.

아마도 그가 나를 좋아하는 마음이 다른 사람들에게도 보였던 모양이었다.

사실 당시 5살이나 어린 남자와의 결혼은 상상조차 하지 않았기 때문에 그런 일은 절대 없다며 국장 장로님에게 장담했다.

다음 주일, 정말 큰 일이 벌어졌다. 임 집사는 부모님에게 나와의 결혼을 허락해 달라고 선전포고를 했다며 청혼을 수락해 달라고 재차 요구했다. 최후통첩이었다.

18 사랑한다면 떠나세요

"피 흘림이 없은즉 사함이 없느니라"(히브리서 9:22) 말씀을 인용하며, "피 흘림이 없으면 최춘애 선교사를 얻을 수 없다"는 각오를 밝혔다.
그가 이렇게 피 흘림까지 이야기한 이유는, 알고 보니 가족에게 나와 결혼하겠다고 선포하자 그의 아버지가 화를 내며 옆에 있던 재떨이를 던지는 바람에 이마가 깨져 실제로 피를 흘렸기 때문이었다.

그는 먼저 나의 결혼 승낙도 받지 않고 무작정 자기 부모님께 결혼하겠다고 선언한 것이다.

그러나 그의 부모님은 같은 교회 집사로, 믿는 분이고 피아노 반주를 하는 나를 잘 알고 있었지만 아들과의 결혼에는 절대 반대했다.

표면적인 이유는 그가 장남인데 나이 많은 여성과 결혼하는 것을 반대한다는 것이었지만, 실제로는 장애인이라는 것이 이유였을 것이다.

한국 문화로서는 귀한 장남이 장애인 여성과 결혼하는 것을 좋아할 부모는 많지 않을 것이다.

사실, 내가 부모라도 만약 우리 아들이 장애 여성과 결혼한다고 한다면 반대했을 것이라는 생각도 들었다.

결국 한때는 아들이 장애인 선교 사역에서 봉사하는 것을 기뻐했던 그의 부모님이지만 아들의 결혼을 받아들일 수 없으셨는지 교회를 옮기셨다.

그러나 임 집사는 "피 흘림이 없은즉 사함이 없느니라"(히브리서 9:22) 말씀을 인용하며, "피 흘림이 없으면 최춘애 선교사를 얻을 수 없다"

는 각오를 밝혔다.

그가 이렇게 피 흘림까지 이야기한 이유는, 알고 보니 가족에게 나와 결혼하겠다고 선포하자 그의 아버지가 화를 내며 옆에 있던 재떨이를 던지는 바람에 이마가 깨져 실제로 피를 흘렸기 때문이었다.

임 집사는 청혼하기 오래전부터 금식하고 기도했다며 최춘애 선교사는 하나님이 주신 나의 여자라는 확신을 가지게 되었고 청혼했다고 말했다.

그러나 이 같은 적극적인 청혼에도 바로 대답하지 않고, "하나님이 우리 결혼을 허락하시는지 확신을 얻기 위해 시간을 갖도록 잠시 몇 달 떨어져 있자"고 설득했다.

남자의 마음은 보이면 쉽게 뜨거워졌다가도, 보이지 않으면 식을 수 있기 때문이다.

마침 나는 여수 애양원으로 장애인 사역을 하러 가야 했기 때문에, 서로 생각할 시간을 갖는 것이 좋다고 판단했다.

그리고 1988년 1월부터 5월까지 여수 애양원에서 장애인 사역을 했다. 여수 애양원은 1909년 포사이드 선교사가 한센병 환자를 치료하기 시작한 곳으로, 115년 동안 많은 장애 환자들을 치료하고 돌보고 있는 곳이다.

놀랍게도, 이곳에 머무는 동안 임 집사는 빠짐없이 일주일에 한 번씩 사랑의 편지를 보내왔다.

당시에는 휴대 전화는커녕 국제 전화조차 하기 어려운 시절이라, 편지를 통해 서로의 마음을 확인할 수 있었다.

5월 말 다시 미국으로 돌아왔을 때, 그의 마음이 확고함을 다시 확인

할 수 있었다.

어느 날 그의 어머니로부터 만나자는 연락이 왔다.

그의 어머니는 "우리 아들을 사랑하느냐?"고 물으시더니, 놀랍게도 "사랑한다면 떠나세요"라고 반대하셨다.

정말 드라마에서나 나오는 대사였다.

나는 항변했다.

"하나님이 한국을 떠나 이곳으로 오게 하셔서 맡기신 일들을 저에게 주셨습니다. 그래서 이곳을 떠날 수는 없습니다. 그리고 그동안 몇 달의 기회를 드렸는데 왜 아들 마음을 잡지 못했습니까?"

그의 집안은 이처럼 나와의 결혼을 끝까지 반대했지만, 우리 부모님과 오빠들은 그를 만나보고 괜찮다고 하시며 결혼을 허락해 주셨다.

19 내가
사랑하는 사람이 장애인

결혼식에도 참석하지 않으셨던 시아버지는 첫 손주를 보시고
매우 기뻐하셨다. 그리고는 "수고했다. 너희들의 결혼이 하나
님의 뜻인 줄 몰라 반대했다"라며 사과하셨다.
그러나 시어머니는 몇 년 후, 둘째 아이를 낳은 후에야 부르셨
다. "이제 옛날 일은 다 잊자. 너희들의 결혼이 하나님의 뜻이
었구나. 반대해서 미안하다"고 사과하셨다.
시부모님이 장애인과의 결혼을 반대하여 결혼식에도 참석하
지 않으셨지만, 하나님께서 우리를 이렇게 화해시켜 주셔서
정말 감사하다.

1989년 2월25일, 우리는 은혜교회가 개척하여 임대한 미국 교회에
서 결혼식을 올렸다.

시부모님이 결혼을 반대하신 것이 결혼 주례까지 영향을 주어 주례
를 나서는 목사님이 없었다.

권안나 목사님은 내가 은혜받는 자리에서부터 나를 알고 계셨고,
결혼상담을 해 주시며 기도로 응원해주셨기에 선뜻 주례를 해주시겠
다고 하셨다. 지금은 사랑하는 목사님이 몸이 편찮으셔서 마음이 아
프다.

300여 명이 참석해 우리의 결혼을 축하했지만, 아쉽게도 신랑 측에
서는 아무도 참석하지 않아 반쪽짜리 결혼식이 되었다.

반만 환영받은 결혼이라는 생각이 들었고 남편의 꿋꿋한 결심이 시
부모님의 마음에 큰 아픔이 되었을 것이라는 생각에 이도저도 편하지
않은 마음이었다.

시댁 측의 반대와 불참으로 열린 결혼식

그러나 그를 내게로 보내주신 하나님 앞에 감사하며 반드시 시부모
님의 마음에도 위로를 주실 것을 믿으며 교인들, 지인들의 축복을 받
으며 은혜롭게 결혼식을 마쳤다.

남편은 정상적인 남자가 장애인 여성인 나와 결혼하려는 이유에 대
해 이렇게 말했다.

"최춘애가 장애인이기 때문에 사랑하는 것이 아니라, 내가 사랑하는
사람이 장애인이기 때문에 결혼했다"

이 고백에 깊은 감동을 받아 눈물을 흘렸다.

결혼식에서는 하얀 면사포를 쓰고, 아버지 대신 오빠와 함께 당당히
걸어 입장했다.

아버지는 중풍으로 몸이 불편하셨기 때문에 함께 입장할 수 없었던

것이 안타까웠다.

이때 예전의 무거운 금속 보조기 대신 가벼운 알루미늄 합금 보조기를 착용했고, 특히 양 겨드랑이에 끼웠던 무거운 목발 대신 팔 하나에 가벼운 케인(cane) 목발을 사용해 쉽게 걸어 들어갈 수 있었다.

결혼식 후 우리는 하와이로 신혼여행을 가는 등 행복한 시간을 보냈다.

그러나 그 후 피아노 반주와 선교활동에 무리를 했는지 두 번이나 유산을 겪었지만, 하나님이 반드시 아이를 주실 것이라는 믿음을 잃지 않았고 결국 건강한 두 아들을 낳았다.

세 번째 임신을 했을 때, 포도 알이 알알이 박힌 청포도를 꿈속에서 보았다. 그 포도송이에는 아침 이슬처럼 아주 맑은 물방울이 맺혀 있었다. 그 태몽은 아직도 생생하게 기억난다.

결혼을 늦게 했기 때문에 노산이 되어 만 3일 동안 진통을 겪었는데, UCI 병원에서는 자연분만이 가능하다고 끝까지 권면했고 나도 동의했다.

이미 어릴 적부터 10번 이상의 수술을 받았고, 다리 수술도 5, 6번이나 했기 때문에 더 이상 칼을 대는 수술을 받고 아이를 낳고 싶지 않았다.

처음에 임신 진단을 위해 한인 산부인과를 찾았을 때, 의사는 나를 보고 장애인이라는 이유로 자신이 없다며 진료를 거부하고 큰 병원으로 가라고 했다.

장애인이어서 이미 많은 차별을 받았지만 산부인과에서 마저 차별을 받자 너무 억울해 속으로 병원이 망해버리라고 저주했는데, 정말 그 병원은 후에 망하고 말았다.

난산이지만 사흘 만에 자연분만을 한 나는 분만의 힘들었던 시간이 있었나 할 정도로 아이의 울음소리가 들리자 먼저 남편에게 물었다.

"아이 손가락, 발가락 10개 있어?"

"응, 다 있어".

남편의 말에 안도의 숨을 쉬었다.

순둥이라고 불리는 아들은 첫돌이 되도록 칭얼대거나 우는 적이 없었고, 감기가 걸려 기침을 하면서도 방글방글 웃을 정도로 나를 힘들게 하지 않았다.

다시 기도했다.

"이 아이가 혼자 자라면 외로울 것 같아 형제를 주세요".

36살에 첫 아이를 낳았고, 아이들이 두 살 터울 되면 내 나이 38살, 더 늦으면 낳을 수 없을 것 같았기에 간절한 마음으로 둘째 아이 주실 것을 기도했다.

감사하게도 기도가 응답되어 2년10일 차이로 둘째 아들이 태어났다.

둘째는 10시간 산고를 하고 분만했는데 키우는 과정이 큰 아이와는 다르게 조금 힘들었다.

워낙 고집도 있고 독립심이 강한 아이는 낯가림이 심해서 나 외에는 아무에게도 가지 않았다.

첫아이를 낳았다는 소식을 들은 시아버지께서는 한 달 후에 우리를 부르셔서 결혼 후 처음으로 만나게 되었다.

결혼식에도 참석하지 않으셨던 시아버지는 첫 손주를 보시고 매우 기뻐하셨다.

110

그리고는 "수고했다. 너희들의 결혼이 하나님의 뜻인 줄 몰라 반대했다"라며 사과하셨다.

그러나 시어머니는 몇 년 후, 둘째 아이를 낳은 후에야 부르셨다. "이제 옛날 일은 다 잊자. 너희들의 결혼이 하나님의 뜻이었구나. 반대해서 미안하다"고 사과하셨다.

시부모님이 장애인과의 결혼을 반대하여 결혼식에도 참석하지 않으셨지만, 하나님께서 우리를 이렇게 화해시켜 주셔서 정말 감사하다.

20 엄마는 왜 못 걸어?

결코 순탄하지 않았던 결혼 과정이었지만, 하나님의 응답에 흔들리지 않고 굳건히 믿음을 지킨 남편과 두 아들 덕분에 지금은 행복한 생활을 하고 있다.
 사역 중에 어려운 일도 많았지만, 하나님이 하시는 일을 기대하며 말씀이 사역과 삶에 응하기를 기다렸는데 하나님은 결코 실망시키지 않으셨다.

올해 33살인 큰아들 임창수(Benjamin)는 UC 샌디에고를 졸업하고 타이슨 회사에 스카우트 되어 열심히 일하고 있다.

대학 4년 공부하면서 캠퍼스 사역을 했고, 졸업 후에도 샌디에고에 남아 4년간 캠퍼스 선교사역을 했다.

31살인 둘째 아들 임영수(Stephen)는 샌디에고 주립대학을 졸업한 후 곧바로 logistic에 취직되어 역시 열심히 일하고 있다.

두 아들 모두 부모의 사역을 도울 정도로 믿음이 깊어 하나님께 감사하고 있다.

잊을 수 없는 이야기가 있다. 큰아들이 3살 때 나에게 물었다.

"엄마는 언제 걸을 수 있어?" 어린아이 답지 않은 질문에 나는 말했다.

"너 하나님 믿지? 네가 하나님을 만나면 엄마도 걸을 수 있단다. 그때까지 기다릴 수 있지?"

큰 아들은 알아듣는 듯 고개를 예쁘게 끄덕였다.

반면, 둘째 아들은 같은 3살 때 다른 방식으로 물었다.

"엄마는 왜 못 걸어? 운동을 하면 걸을 수 있잖아. 운동해 봐."

둘째 아들은 내가 운동을 하지 않아서 걷지 못한다고 생각한 것 같았다.

나는 "엄마가 다리 힘이 없어서 운동을 못 한단다"라고 변명을 했다.

하지만 둘째 아들은 내 말에도 여전히 이해하지 못하는 듯 아쉬운 표정을 지었다.

그래서 다시 말했다. "너 예수님 믿지? 예수님 만나면 걸을 수 있으니 기다릴 수 있지?"

"응, 그런데 예수님 언제 와?" 둘째는 항상 질문이 하나 이상 더 있다.

걷지 못하는 엄마를 보고 안타까운 마음에 큰아들은 "언제 걸을 수 있느냐"고 물었고, 둘째 아들은 "왜 못 걷느냐"고 물었던 것처럼, 두 아들은 성격이 달랐다.

인생살이에서도 상대방의 질문이 좋아야 답변도 좋다는 것을 깨달았다.

나는 둘째 아들에게 왜 그런 질문을 하느냐고 묻기보다는 "엄마가 걸으면 뭐해줄까?" 하고 돌려 물었다.

그러자 아들은 엄마와 아빠의 양손을 잡고 가운데에서 "하나, 둘, 셋" 하며 그네를 타고 싶다고 했다.

그래서 다음번에 밖에 나갔을 때, 내가 휠체어에 앉아 아이의 한쪽 손을 잡고, 남편이 허리를 낮춰 다른 쪽 아이 손을 잡고 흔들어 주었다.

비록 높이 올라가지는 못했지만, 엄마 아빠의 손을 잡고 "하나, 둘, 셋" 하며 그네를 타고 즐거워하던 아들의 모습이 아직도 눈에 선하다.

남편은 1989년 2월에 결혼하고, 같은 해 9월 가까운 곳에 있는 베데스다 순복음 신학교에 입학하여 1992년 MDV(Master of Divinity)

임성호 목사 안수식

과정을 마치고 은혜교회에서 전도사로 같이 사역했다.

그리고 1995년에 대학원을 졸업한 후, 1996년 5월에 목사 안수를 받았다.

결코 순탄하지 않았던 결혼 과정이었지만, 하나님의 응답에 흔들리지 않고 굳건히 믿음을 지킨 남편과 두 아들 덕분에 지금은 행복한 생활을 하고 있다.

사역 중에 어려운 일도 많았지만, 하나님이 하시는 일을 기대하며 말씀이 사역과 삶에 응하기를 기다렸는데 하나님은 결코 실망시키지 않으셨다.

한편, 그동안 보조기와 목발로 힘들게 걸어 다녔으나 정형외과 의사의 지시로 휠체어를 타게 되었다.

의사는 보조기를 오래 사용하면 척추에 무리가 가서 결국 무너진다며 보조기를 하지 말고 휠체어를 타라고 했다.

그래서 결혼 후부터 그동안 불편했던 허리벨트와 다리 벨트 등 모든 보조기와 목발을 없애고 휠체어에 의지하며 생활했다.

휠체어 바퀴를 혼자 움직이며 밖에 나가는 것은 물론, 집안 살림도 할 수 있었다. 물론 남편도 빨래나 청소를 도왔고, 성장한 두 아들도 부엌일까지 도와주었다.

휠체어 바퀴를 손으로 밀고 다녀야 하니 손바닥은 거칠어졌지만, 내 힘으로 어딘가를 갈 수 있다는 점에서 만족스러웠다.

더구나 운전까지 할 수 있게 되니, 이젠 소아마비 장애인이 아닌 정상인이 된 기분이었다.

하지만 자동차에 휠체어를 접어 넣고 꺼내는 일은 여전히 힘들었다. 휠체어가 무거웠기 때문이다.

그럴 때마다 남편이 도왔지만, 오랫동안 허리 디스크로 고생하던 남편이 척추 협착증까지 겹쳐 2021년 7시간의 걸친 대수술을 하게 되어 6개월 동안의 치료기간이 있었다.

이때에 많은 분들이 걱정했다. 목사님이 아파서 어떻게 휠체어를 싣고, 내리느냐고? 사실 내게는 자동차 휠체어 수납 장치가 절실하게 필요했었지만 비용이 많이 들어 설치하지 못했다.

그런데 나보다 더 걱정해주시는 분들이 후원의 손길을 주셔서 7,000 달러가 드는 자동차 휠체어 수납 장치를 설치할 수 있게 되었다.

오랫동안 바라던 바람이 드디어 이루어졌다. 남편의 수술도 잘 되어서 허리, 다리 통증도 다 사라지고 건강하게 회복되었다.

이 장비를 사용할 때마다 후원해주신 분들을 생각하며 감사하고 있다.

21 내가 더 감동받는 장애인들

소병훈 목사님의 이 고백이 가슴에 생생히 남아 있다.
소 목사님 고백에 어렸을 때 생각이 난다. 난 내가 걷지 못하는
장애가 시각장애나 청각장애보다는 낫지 않은가" 라고 애써
마음을 달랬다.
"그래도 나는 볼 수 있고, 말로 내 마음을 표현할 수 있지 않은
가! "라고 스스로를 위로하므로 다행이라고 생각했던 어린 시
절이 있었다.
감사하는 사람에게는 더 많은 감사가, 즐거워하는 자에게는 더
많은 즐거움을 경험할 수 있는 것은 오늘 살아있기 때문이다.

감사한 것은 장애인 사역을 하면서 많은 어려운 장애인들을 만나고,
또 그들을 돕는 많은 하나님의 사람들을 만날 수 있는 것이다.

나는 장애인들에게 과거에 겪었던 많은 일들을 통해 하나님의 섭리
를 간증하며 주님의 증인으로서 살아가고 있는 삶을 나눈다.

사역을 하면서 만난 장애인들 중에는 나보다 훨씬 더 어려운 상황에
서도 하나님 말씀에 의지해 사는 분들이 많았다. 그런 분들을 보며 오
히려 내가 더 큰 소망과 용기를 얻었던 적이 많다.

처음 사역을 시작했을 때부터 지금까지 몇 십년 동안 이어져 온 귀
한 본보기 장애인들이 있는데, 그 중 한 분이 시애틀의 소병훈 목사님
이다.

소 목사님을 알게 된 것은 시애틀의 이동근 장로님 덕분이었다.

2004년 알고 지내던 집사님 한 분이 시애틀의 이동근 장로님을 소개

하며 한번 만나볼 것을 권했다.

당시 이동근 장로님은 중앙일보 시애틀 편집국장을 지내다가 아내의 유방암을 통해 하나님의 은혜를 체험하고, 신문사를 나와 2002년 9월부터 월간 신앙지 '새 하늘 새 땅'을 발간하고 있었다.

그 책에는 나와 같은 장애인을 비롯해, 어렵고 병든 사람들이 하나님을 만나고 변화된 간증들이 많았다.

이후 이 장로님의 초청으로 시애틀에 가서 인터뷰를 했고, 2005년 11월 감사하게도 내가 표지 인물로 선정되어 간증이 게재되었다.

이때 장로님이 섬기던 교회에서 간증과 피아노 연주도 했다. 시애틀에는 큰 오빠가 계셔 여러 번 방문했지만, 교회에서 간증과 연주를 한 것은 처음이었다.

이 장로님은 시애틀의 여러 교회와 장애인들을 소개해 주셨는데, 그때 만난 분이 소병훈 목사님이었다.

당시 39세였던 소 목사님을 만나보니 그는 한국에서 성전 확장 공사를 하던 중 뜻하지 않은 사고로 전신마비 장애인이 되는 시련을 겪었다.

그러나 하나님을 원망하지 않고 오히려 감사하는 간증을 하고 있어 큰 감동과 은혜를 주었다.

올해에도 소병훈 목사님 부부(왼쪽)를 만났다.

소 목사님은 얼굴 아래로는 전혀 움직이지 못하고 혼자서는 아무것도 할 수 없는 장애를 갖게 되었지만 하나님을 신뢰하며 그분의 섭리 안에서 감사와 찬양이 끊이지 않는 모습을 볼 수 있었다.

1-2년도 아닌 수년의 세월 속에 어찌하면 저렇게 평안한 모습을 보여줄 수 있을까!

저들의 일상생활 순간순간 어렵고 힘든 일은 감히 상상할 수도 이해할 수 없다.

그러나 3남매도 믿음 안에서 아버지의 고통을 함께 했고, 가족 간에 사랑으로 서로를 아끼는 삶은 어느 건강한 가정 못지않게 기쁨이 가득했다.

소 목사님은 1991년 시애틀 SPU 대학으로 유학을 왔고, 신학대학에 입학하여 소현 사모님을 만나 결혼했다. 그들은 캠퍼스 제1호 부부가 되었다.

졸업 후, 2003년 목사 안수를 받고 두 딸과 아내와 함께 한국으로 가서 개척 교회를 섬겼다.

교회가 부흥하기 시작하자 성전을 좀 더 넓히기 위해 조그만 방을 허무는 공사를 하던 중, 갑자기 천장에서 물이 가득 담긴 큰 물탱크가 떨어졌고 목을 맞아 쓰러지게 되었다.

'척추 손상 마비' 진단을 받은 후 여러 병원에서 수술을 받고 재활 치료도 받았지만, 아무런 효과가 없어 얼굴 이외 전신이 마비된 장애인이 되었다.

그러나 이러한 어려움 속에서도 소 목사님은 감사하다고 고백하고 있다.

"다치고 난 후, 집사람과 나는 서로를 얼마나 사랑하는지 확인할 수 있는 감사한 시간이었습니다. 손가락조차 움직일 수 없는 몸이 되고 보니, 내 손으로 밥을 먹고 세수를 하고, 간지러운 곳을 긁을 수 있다는 것이 얼마나 큰 복인지를 새삼 깨달았습니다.

내 발로 걸어 다니고, 내 스스로 무엇인가를 할 수 있다는 것이 얼마나 소중한 것인지 깨달았습니다.

앞문도 막히고, 옆문도 막히고, 뒷문도 막혔을 때 하늘 문이 열렸다고 말한 헬렌 켈러, 듣지도 보지도 못하는 열악한 환경에서도 소망을 잃지 않고 하늘 문을 바라본 그녀의 고백에 큰 힘을 얻었습니다.

비록 움직일 수는 없지만, 보기도 하고 듣기도 하는 저에게도 하늘 문이 열렸으니 얼마나 감사한지요."

소병훈 목사님의 이 고백이 가슴에 생생히 남아 있다.

소 목사님 고백에 어렸을 때 생각이 난다. 난 내가 걷지 못하는 장애가 시각장애나 청각장애보다는 낫지 않은가" 라고 애써 마음을 달랬다.

"그래도 나는 볼 수 있고, 말로 내 마음을 표현할 수 있지 않은가! " 라고 스스로를 위로하므로 다행이라고 생각했던 어린 시절이 있었다.

감사하는 사람에게는 더 많은 감사가, 즐거워하는 자에게는 더 많은 즐거움을 경험할 수 있는 것은 오늘 살아있기 때문이다.

소 목사님을 만나고 헤어지면 환하고 밝은 미소와 사모님의 발랄한 웃음소리가 한참동안 귓가에 맴돈다.

그래서 시애틀 방문 시 두 분은 꼭 만나고픈 분들이다. 그 환한 모습에서 주님을 보게 되니 정말 사랑스러운 분들이다.

4부

나는 한 곳에서만
머물지 않았다.

22 51세에 중학교 검정고시 도전

미국에도 한국처럼 중학교와 고등학교 검정고시가 있지만, 천재 같은 경우는 고교졸업장 없이도 바로 대학에 진학시키는 영재 입학 대학들도 많다. 그러나 초등학교만 나와 아직 영어도 잘 못하고 나이도 많은 내가 미국 검정고시(GED)를 합격하기란 어려웠다.
남편은 한국에 가서 미국 시민권자도 한국 검정고시를 볼 수 있느냐고 문의하여 가능하다는 답을 받고 재외국인 신분으로 한국 검정고시를 보기로 했다. 그리고 남편은 한국 검정고시 학원을 찾아 인터넷 강의를 들을 수 있는 아이디와 교재를 사와 늦게나마 51세인 2006년 8월부터 2007년 4월까지 7개월 동안 미국에서 온라인으로 강의를 들으며 중학교 검정고시에 도전하게 되었다.

내가 늦어도 한창 늦은 51세에 중학교 공부를 시작한 데는 이유가 있었다.

나는 1살 때 소아마비 장애인이 되었으나 부모님은 초등학교에 입학시켜 공부를 하게 했다.

하지만 누군가 나를 업어서 학교에 데려다줘야 했고, 학교에서도 많은 장애인 차별을 겪었다.

그래서 아버지는 중학교에 보내지 않고, 대신 기술을 배워 살아가라며 6살 때부터 피아노를 배우게 하셨다.

그 후 미국으로 이민와서 교회에서 피아노 반주를 하고, 결혼도 하고 자녀도 키웠다

이처럼 초등학교만 나왔지만, 그동안 모든 사람들은 내가 피아노를

잘 쳤기 때문에 음대 출신인 줄 알고 설마 초등학교만 다닌 사람인 줄은 전혀 몰랐을 것이다.

실제로 지금까지 어느 음대 출신이냐고 묻는 사람도 없었다. 단 한 번, 누군가 그런 질문을 했을 때도 슬그머니 넘어간 적이 있었다.

하지만 42세가 되었을 때부터 아이들이 미국 학교에 다니면서 학부모의 개인정보를 요구하는 일이 많아졌다.

특히 어머니 학력 난에 내가 초등학교 졸업자라고 적는 것이 부끄러웠고, 아이들에게도 숨기고 싶었다.

미국에 이민 오고 교회에서 선교사로 임명받았을 때는 초등학교 졸업자여도 하나님이 주신 사명이라 상관없다고 생각했다.

교회에서 선교사로 임명 받았을 때 담임 목사님에게 신학을 하겠다고 하니 선교사는 굳이 신학교를 다니지 않아도 된다고 하시는데 내 마음은 그래도 신학은 해야 하지 않을까 생각하고 LA에 있는 신학대학교를 찾아가 등록을 했다.

행정실에서 미비 된 서류를 제출하라고 하는데 고졸 졸업장이 없으니 차일피일 미루다 학장님을 찾아가서 나의 입장을 털어놓았다.

당황한 기색에 학장님은 교수진과 의논하고 알려주겠다고 하셨다.

난 학장님에게 저를 받아주시지 않으면 하나님 일꾼 하나를 놓치게 되어 손해 볼 것이라고 오히려 강조하고 배려를 당부했다.

며칠 후 학장님은 나를 부르시고 "졸업장 없는 것이 본인의 잘못이 아니니 일단 공부를 하십시오"라고 하셨다.

실제로 몇 주 공부하면서도 심한 갈등이 있었다. 신학교에서는 신학뿐만 아니라 철학, 역사 등 기본 교양과목도 공부하는데 초등학교 지식으로는 이와 같은 공부를 하는 것은 과한 욕심이라는 생각이 들었다.

그렇다고 남들 다하는 이 과정을 건너뛰는 것도 자존심이 허락지 않아 괴롭게 수업을 들었다.

그러던 중 교회에서 모든 예배나 행사는 내가 반주를 다 담당하고 있었기에 수업을 빼먹고 반주를 해야 하는 시간이 많게 되어 2학기를 겨우 마치고 본의 아니게 학업을 중단하게 되었다.

그러나 공부를 하고 싶은 갈증은 점점 깊어졌다. 결혼 후에 남편이 베데스다 신학대학을 다닐 때 나도 같이 2년 동안 공부했다.

그 결과 남편은 92년 졸업장(Certificate)을 받았지만 나는 단지 수료증(diploma)만을 받아 학력으로 인정받지 못했다.

그래서 정식 학력을 인정받는 공부에 대한 갈망이 더욱 커졌다.

이러한 갈망이 나에게는 한이 되었고, 배움에 대한 목마름이 깊어갔다. 안다고 하는 것이 어떤 것인지 정말 알고 싶음이 간절했다.

이제 예수님 안에 사는 나는 정신과 육체가 병든 자들, 목마른 자들을 찾아 함께 살아가는 것이 나의 행복이고 내가 사는 이유이므로 반드시 공부를 해야겠다는 목표를 세웠다.

남편에게 모든 것을 이야기하고 공부를 하고 싶다고 했더니 남편은 자기가 도울 테니 지금이라도 길을 찾아보자고 했다.

남편의 지원에 눈물이 났고, 다시 공부할 수 있다는 희망이 생겼다.

미국에도 한국처럼 중학교와 고등학교 검정고시가 있지만, 천재 같은 경우는 고교졸업장 없이도 바로 대학에 진학시키는 영재 입학 대학들도 많다.

그러나 초등학교만 나와 아직 영어도 잘 못하고 나이도 많은 내가 나의 검정고시 시험을 위해 1992년 남편이 한국을 방문하였을 때, 한국어로 된 검정고시 특강 책들을 사왔다.

이유는 GED가 어렵기 때문에 먼저 한국어로 된 과목을 공부하고 영어로 공부를 하면 쉬울 것이라 생각하였기 때문이다.

하지만 한국어로 된 책을 혼자 독학하기엔 아주 어려웠고 아이들을 돌보고 교회 일을 하면서 공부는 더욱 힘들어서 중단하였다. 그리고 13년이 지났다.

그러나 2005년부터 한국에서 인터넷 강의가 유행하자 다시 도전하고 싶은 마음이 생겼다.

2006년에 LA 총영사관에 문의하니 다행히 규정이 바꿔져 재외국인 신분으로도 한국 검정고시를 볼 수 있다고 했다. 그러나 한국에 나가 시험을 봐야 하는데 4월과 8월 두 차례가 있다고 설명했다.

희망을 가지고 남편은 한국 검정고시 학원을 찾았고 50만원을 지불하고 인터넷 강의를 들을 수 있는 아이디와 교재를 샀다. 이 경우 학원에서 시험 신청도 다 해주기로 했다.

이 같은 절차를 거쳐 드디어 51세인 2006년 8월부터 2007년 4월까지 7개월 동안 미국에서 온라인으로 강의를 들으며 공부를 했다.

정말 초등학교 졸업 후 40년 만에 처음 펜을 잡고 중학교 검정고시 공부를 시작했다.

감격스럽고, 벅차오르는 감정에 눈물로 감사의 기도를 드렸다.

하지만 공부는 쉽지 않았다. 시작은 그랬는데 너무나 막막했고, 온라인 수업이라 모르는 것을 물어볼 때도 없고 온전히 반복과 자습으로

만 공부를 할 수 밖에 없었다.

한 번은 수학이 너무 어려워 남편에게 가르쳐 달라고 했다. 그런데 두 번 가르쳐 주더니 잘 이해 못하자 힘들어 했다.

그 이후로는 남편에게도 물어보지 않고 혼자 이를 악물고 공부했다.

미국에서는 운전면허 시험공부를 할 때 부부간에 잘 안 가르쳐 준다고 부부싸움 한다는 말이 실감되었다

한국말인데 알아들을 수 없는 많은 과목들을 토씨 하나 빠뜨리지 않고 필기하면서 반복에 반복의 복습을 거듭했다. 강의를 듣고 또 들으며 포기하지 않고 책을 팠다.

낮에는 교회에서 사역을 하고 아이 둘을 키우며 살림도 해야 했기에 힘들었지만 밤새워 공부했다.

그러나 믿음과 목표를 가지고 나아가니 하나님은 언제나 길을 보여주시고 능력도 주셨다.

한국에 4월에 나가 처음 중학교 검정고시를 보는데 내가 시험장에서 나이가 가장 많았다.

시험장에는 장애인들을 위해 여러 편의를 제공하고 있었다. 나보다 더 심한 장애인들이 시험을 보기도 했는데 한 장애인은 누워서 입으로 말하면 보조인이 답을 써주기도 했다.

생애 처음 공개적으로 시험을 볼 때 시험관들이 왔다 갔다 해서 내 마음은 정말 방앗간의 절구 소리처럼 콩닥콩닥 떨리기도 했다.

중학교 검정고시 시험은 5과목에 평균 60점 이상을 받아야 하는데 80점이란 우수한 성적으로 합격했다.

특히 영어는 100점이었다. 영어를 잘한 이유가 있었다. 중학교도 가

지 못하고 집에만 있던 어느 날 2살 아래인 동생이 중학교에 가서 영어를 배웠는지 알아들을 수 없는 소리를 하고 있었다.

학교에 가지 못해 속이 상하는데 동생이 벌써 영어를 배우는 것을 보고 나도 오기가 들어 영어를 배우고 싶다는 마음이 강하게 들었다.

그래서 15살 때 내가 개인 피아노 레슨으로 돈을 벌기 시작할 때 영어 선생님을 찾아 처음으로 영어 알파벳을 배웠다.

그러나 음악이론을 배우는 도중에 선생님이 이사를 간 바람에 아쉽게도 3개월 만에 공부는 중단되었다.

드디어 이 같은 노력 끝에 중학교 졸업학력자가 되었다.

23 고등학교 검정고시도 합격

고교 검정고시 시험은 8과목으로 중학교 검정고시보다 3과
목이 더 많아 공부하기가 더 어려웠지만, 더욱 열심히 해서
2008년 시험을 보고 합격했다.
정말 하나님께서 도와주시고 능력을 주셔서 감사하다.
이제 큰아들의 대학 입학원서에 엄마의 최종 학력을 '고졸'로
기록할 수 있게 되었다.

무사히 중학교 검정고시에 합격한 후, 다음 해에는 고등학교 졸업
검정고시에도 도전했다.

중학교 검정고시 시험을 2007년 4월에 봤을 때, 합격자 발표는 한
달 후인 5월이었다.

그러나 이미 합격했다는 믿음으로 5월 발표 전에 예전 중학교 검
정고시 학원에 가서 고등학교 검정고시 시험을 신청하고 교재들을
받았다.

고교 검정고시 시험은 8과목으로 중학교 검정고시보다 3과목이 더
많아 공부하기가 더 어려웠지만, 더욱 열심히 해서 2008년 시험을 보
고 합격했다.

정말 하나님께서 도와주시고 능력을 주셔서 감사하다.

이제 큰아들의 대학 입학원서에 엄마의 최종 학력을 '고졸'로 기록할
수 있게 되었다.

큰 아들이 대학에 입학하기 위해 입학원서에 부모에 학력을 기재해
야 할 난이 있다. 아들에게 장애인이 부끄러운 것이 아니라 그 난에 초

등학교 졸업이라고 적어야 하는 것이 미안했었다.

검정고시를 치르고 최종학력에 고졸이라고 기재하게 되었고 아이들에게 이 모든 사실을 설명했더니 두 아들은 "엄마, 수고했어요, 자랑스러워요, 그리고 미안해하지 말라"고 나를 안아주었다.

이 또한 자식에게 부끄럽지 않으려는 마음을 주님께서 정확한 시간에 응답해 주시고 위로해 주신 것이다.

시험 준비를 위해 한국에 나가 여러 해당 기관을 찾아 상담을 받고 교재 등 각종 준비를 해준 남편은 물론, 두 아들도 엄마를 자랑스러워하며 자기들도 엄마 공부를 돕겠다고 응원해 주었다.

특히 한국에서 시험을 볼 때는, 당시 한국에서 장애인 사역을 하던 재활원 원장님과 집사님 등 많은 분이 도와주셔서 감사했다.

정말 하나님의 은혜와 가족의 사랑, 그리고 하나님의 사람들 덕분이라는 감사의 눈물이 끊이질 않았다. 지금도 그 순간을 떠올리면 가슴이 뭉클하다.

24 수능시험 5번이나 실패

수능시험은 성적 등급에 따라 좋은 대학에 갈 수 있는데, 특히 음악대학에 진학하려면 최소 3등급 이상을 받아야 했다.
그러나 점수가 좋지 않아 음대 진학에 실패했다. 이듬해인 2009년에도 수능시험을 치렀으나 역시 원하는 등급을 받지 못했다.
포기하지 않고 2010년, 2011년, 2012년까지 무려 5번 수능시험에 도전했지만 모두 실패했다. 특히 네 번째 시험에서는 심한 두통이 일주일 동안 지속된 상태에서 시험을 보러갔는데 시험지를 받자마자 갑자기 눈이 깜깜하고 보이지 않아 글씨를 읽을 수 없었다.
결국 1년 동안 준비한 수능을 포기할 수밖에 없었다.

중학교와 고등학교를 졸업하고 나니 나이가 들어도 할 수 있다는 자신감이 생겼다. 그래서 다음 단계인 대학에 도전했다. 그러나 이 도전은 상상 이상으로 어려웠다.

한국에서는 대학에 입학하려면 수능시험(대학수학능력시험)을 치러야 하는데 시험과목도 국어, 수학, 영어, 한국사, 탐구(사회·과학·직업), 제2외국어 등 과목도 많았고 공부도 검정고시와는 비교도 되지 않을 정도로 훨씬 어려웠다.

특히 한국에서는 고교생들이 좋은 대학에 가기 위해 학원을 다니며 밤새 공부하고, 치열하게 경쟁하는 탓에 시험 문제도 점점 더 어려워지고 있었다.

검정고시로 공부를 시작한 나에게는 이런 수능시험이 엄청난 도전이었다.

또한 수능시험은 9월에 신청을 받고 11월에 실시되는데, 시험 당사자가 직접 신청해야 한다는 규정이 있어 한국을 두 차례나 방문해야 하는 어려움도 있었다.

남편과 나는 마침 장애인 선교 사역을 위해 한국에 갔을 때, 수능시험 접수를 다른 사람이 대신할 수 있는지 알아보았다.

내가 사역을 하는 동안 남편이 한국 삼청동에 있는 수능시험 본부를 찾아가 담당자에게 이야기를 했더니 본인이 직접 접수를 해야 한다고 설명했다.

그러나 남편이 내가 미국에 사는 장애인이고 50이 넘었다고 사정을 설명하니 놀라며 "시험 커닝은 하지 않겠군요" 하며 오히려 도와주는 입장이 되었다.

담당자는 남편이 경기도 마석에 머물고 있다고 했더니 경기도 마석 시청 교육 담당자에게 전화해서 도와주라고 당부했다.

마석 교육 담당자는 규정상은 안 되지만 돕고자 대리 신청을 받아주겠다고 말했다.

마침 한국 장애인 재활원 팀장으로 일하는 집사님이 대리 신청을 도와주겠다고 해서 나는 한국 장학선교를 하면서 겸하여 수능을 보러 한국에 나갈 수 있었다.

2008년에 처음 수능시험을 치렀다. 내가 지원하려는 대학은 음악대학 피아노과가 있는 이화대학이나 숙명대학 등 명문 음악대학이었다.

한국에 나가 수능시험을 보았을 때, 검정고시와 달리 수험생들은 모두 새파란 고교생들이었고, 50대인 나는 그들과 너무 차이가 났다.

당시 한국에서도 장애인 수험생에 대한 배려가 좋아졌다는 것을 느꼈다. 큰 교실에서 혼자 시험을 보게 되었는데, 수능표를 앞에 두고 문제지를 기다리며 긴장감에 덜덜 떨렸다.

시험 감독관들은 나보다 어린 사람들이었다. 50대 만학도의 나이에 장애를 딛고 수능시험을 치르는 내 모습을 보고 감동했는지 "장하십니다. 열심히 하세요"라고 격려해주었다.

나는 시험관들에게 이 시간을 이용해 "교회에 다니세요?"라며 전도를 하기도 했다. 그들은 내 이야기를 듣고 "아, 그러시군요. 뭔가 다르다고 생각했습니다"라고 말했다.

나는 그들에게 "꼭 교회 다니세요"라고 부탁했다.

수능시험은 성적 등급에 따라 좋은 대학에 갈 수 있는데, 특히 음악대학에 진학하려면 최소 3등급 이상을 받아야 했다.

그러나 점수가 좋지 않아 음대 진학에 실패했다. 이듬해인 2009년에도 수능시험을 치렀으나 역시 원하는 등급을 받지 못했다.

포기하지 않고 2010년, 2011년, 2012년까지 무려 5번 수능시험에 도전했지만 모두 실패했다.

특히 네 번째 시험에서는 심한 두통이 일주일 동안 지속된 상태에서 시험을 보러갔는데 시험지를 받자마자 갑자기 눈이 깜깜하고 보이지 않아 글씨를 읽을 수 없었다.

결국 1년 동안 준비한 수능을 포기할 수밖에 없었다.

5년 동안 5번이나 수능 시험에 실패한데 이어 6번째 도전하는 2013년에는 박근혜 정부가 규정을 강화하는 바람에 더욱 어렵게 되었다.

예전에는 나의 경우에 한하여 한국에 나가지 않고 다른 사람이 대신 등록을 해줘도 되었다. 그런데 이제는 직계가족 아니면 등록조차 하지 못하게 되었다.

하나님께서 여기까지만 하라고 하시는 것 같아 포기해야겠다는 생각도 들었다.

25 세종 사이버 대학 졸업

한국에서 2000년부터 시작된 사이버대학은 13년이 지난 당시 이미 많은 인정을 받고 있었다.
수능시험도 필요 없고, 학비도 저렴하며, 미국에서도 온라인으로 공부할 수 있는 장점이 있었다.
사이버대학을 알아보니 10개 정도가 있었고, 그중 대부분이 4년제였다. 이 중 '세종사이버대학교'를 선택해 상담을 받고, '상담심리학' 전공으로 지원했다. 물론 수능시험 없이 고교 검정고시만으로도 충분했다.

규정이 바뀌져 수능시험이 더 어렵게 된 2013년 한국에 나갔을 때 6번째로 수능시험에 도전할 것인지 아니면 다른 방법이 있는지 알아보았다.

그동안 5차례나 수능시험에 도전한 이유는 단지 음악대학에 입학해 피아노과를 전공하고 싶었기 때문이었다.

피아노를 전공하면 피아노 실력을 높이는 것은 물론, 종교음악 등도 공부해 찬양을 더 깊이 있게 연주하고 싶었다.

그러나 피아노과가 있는 명문대학들은 수능시험에서 높은 등급을 요구했기에 번번이 실패하고 말았다.

이때 재활원 사회복지사인 황정일 집사님이 꼭 대학교 때 피아노를 전공하지 않아도 대학원에 가서 피아노과를 공부할 수 있다는 좋은 아이디어를 주었다.

그래서 대학에서는 다른 전공을 하고 대학원에서는 피아노를 전공하기로 목표를 세웠다.

특히 한국에서 2000년부터 시작된 사이버대학은 13년이 지난 당시

이미 많은 인정을 받고 있었다.

수능시험도 필요 없고, 학비도 저렴하며, 미국에서도 온라인으로 공부할 수 있는 장점이 있었다.

사이버대학을 알아보니 10개 정도가 있었고, 그중 대부분이 4년제였다. 이 중 '세종사이버대학교'를 선택해 상담을 받고, '상담심리학' 전공으로 지원했다.

물론 수능시험 없이 고교 검정고시만으로도 충분했다. 또한, 등록신청도 대신할 수 있었기에 그동안 수능시험 때마다 대신 등록하고 도움을 준 황정일 집사님께 이번에도 부탁했다.

당시 30대였던 황 집사님은 특전사 하사 출신으로, 체격이 좋고 말도 잘하며 주위 사람들에게 많은 도움을 주셨다.

그분은 이후 목사님이 되어 현재는 교회 부목사님으로 사역하고 계신다. 황 집사님은 지금도 감사드리는 분으로, 꾸준히 연락을 이어가고 있다.

이렇게 진로를 바꾸어 2014년부터 세종사이버대학교에 입학하여 일반 대학생으로서 인터넷 강의로 공부를 시작했다.

사이버대학 강의는 녹화된 영상을 다운로드한 후 언제든지 공부할 수 있어 좋았다.

하지만 중간고사, 기말고사는 한국 시간에 실시되고, 제한 시간이 있었기 때문에 시험 때만 되면 새벽을 기다리며 밤새워 시험을 봐야만 했다.

26 하나님의 사람들

하나님의 은혜와 고마운 분들의 도움으로 4년간의 공부를 마치고, 2018년 세종사이버대학교에서 상담심리학 전공 학사 학위를 받았다.
뿐만 아니라 당시 대학에서 예술치료학이 새로 개설되어 편입한 후 2년 후 예술치료학 학위도 받아, 학사 학위를 두 개나 받고 대학을 졸업했다.

당시 우리는 작은 도시인 필랜(City of Phelan)에 살고 있었는데, 인터넷 사정이 매우 좋지 않아 인터넷 동냥을 했을 정도로 큰 어려움을 겪어야 했다.

우리가 오렌지 카운티 LA에서 70마일로 한 시간 반 거리인 필랜에 살던 이유는 경제적 어려움 때문이었다.

당시 선교회 사무실 렌트비와 아파트 렌트비를 낼 수 있는 재정이 없었다. 미국 경제상황이 좋지 않아 후원자들의 후원금도 끊기고, 모든 활동비는 후원금에 의해 유지하는데 선교회를 이끌어가기가 너무 힘들었다.

방 2개에서 두 아들과 살았으나 두 살 터울인 둘째 아들이 대학교 기숙사로 들어가자 우리는 렌트비를 줄이려고 도시 오렌지 카운티에서 1시간 반 떨어진 시골 필랜으로 방 하나를 구해서 이사했다.

지금은 방 2개짜리 .아파트가 2,500달러 이상 되지만 그 때에는 1,200달러였는데 그나마도 렌트비를 낼 수 없었다.

필랜은 월 렌트비가 650달러로 이전의 절반에 불과했다. 하지만 말이 아파트이지 실제는 모빌홈을 몇 개로 쪼개 만든 열악한 방 한 개짜리였다.

한국에서 빚쟁이한테 굴욕을 당한 적은 있었지만 허름하고 베니어판으로 공간을 막아놓은 열악한 집에서 살아보지는 않았다.

모빌홈은 창문을 통해 따가운 햇볕이 그대로 방과 리빙룸으로 들어오고 공간이 좁아 휠체어로 이동하기 어려워 베니어판을 다 뜯어내었다.

정말 사막의 뜨거운 바람, 겨울의 얼굴을 에이는 듯한 강한 바람, 도시에서는 경험할 수 없었던 5년간의 광야 생활은 정말 눈물 나게 힘들었다.

전기가 방전되어 집 안에 있는 어떤 물건도 만질 수가 없이 6개월간 지속되었고, 특히 겨울에는 피 순환이 잘 안 되는 내 다리가 꽁꽁 얼어 외출 후에는 전기담요로 밤새 온열로 풀어야만 했다.

그런 중에도 수능 공부를 한다고 낮에는 들끓는 파리를 잡아가며 선풍기를 틀어놓고 공부하고 주중에는 성경공부를 인도하며 장애인 사역을 하기위해 일주일에 2-3번씩 오렌지 카운티로 가곤 했다.

이처럼 어려운 환경에서도 가장 큰 어려움은 인터넷이 잘 되지 않는 것이었다. 나는 와이파이가 잘되는 도서관이나 식당, 카페를 찾아다니며 공부했다.

그러던 어느 날, 우리 집 앞에 집사님 한 분이 식품을 내려놓고 가면서 전화를 주었다.

한인이 운영하는 카페 주방에서 불이 나 냉장고에 있던 식품들을 주었는데 너무 많아 나누어서 먹자고 식품을 놓고 간다는 전화였다.

나는 한 번도 뵙지 못한 식당 주인에게 감사 전화를 했고, 몇 개월 후에 처음으로 만났다.

식당 여주인 이지니 집사님은 내게 무슨 일을 하느냐고 물었고, 나는 사이버대학에서 인터넷으로 공부하고 있다고 대답했다.

그러자 이지니 집사님은 식당의 인터넷을 마음껏 쓰라고 했을 뿐만 아니라, 점심과 저녁까지 주면서 매일 매일 베푸는 것을 기쁨으로 여기며, 받는 사람이 부담을 느끼지 않을 만큼 그 마음이 진심인 것을 알게 되었다.

12년째 지니 집사님을 알고 있지만 드물게 보는 하나님의 사람이라고 여겨진다.

하나님은 내가 어려울 때마다 하나님의 사람을 보내주셨고, 때를 따라 채워주시는 은혜로 이번에도 인터넷 문제를 해결할 수 있었다.

4년간 정말 열심히 공부하며 보답으로 좋은 점수를 내었고 같이 기쁨을 나누었다.

뿐만 아니라 이지니 집사님은 내가 아주사 대학원에 입학할 때 장학금 50% 외에 내가 부담해야 할 나머지 50% 학비를 개인 장학금으로 도와주셔서 아무런 걱정 없이 공부할 수 있었다.

평생 잊지 못할 예수님의 사랑을 실천하시는 귀한 분이다.

"우리가 알거니와 하나님을 사랑하는 자 곧 그 뜻대로 부르심을 입은 자들에게는 모든 것이 합력하여 선을 이루느니라"(로마서 8:28)

하나님의 은혜와 고마운 분들의 도움으로 4년간의 공부를 마치고, 2018년 세종사이버대학교에서 상담심리학 전공 학사 학위를 받았다. 뿐만 아니라 당시 대학에서 예술치료학이 새로 개설되어 편입한 후 2

년 후 예술치료학 학위도 받아, 학사 학위를 두 개나 받고 대학을 졸업했다.

세종사이버대학교에서는 장애인과 저소득층, 나이 많은 여성들에게 장학금을 제공했지만, 나는 모든 조건에 해당했음에도 불구하고 재외외국인이라는 이유로 혜택을 받지 못했다.

단지 외국인에게 주는 30% 학비 감면 혜택만 받을 수 있었다.

27 미국 아주사 대학원 입학 허가

박 교수님은 한국에서 대학을 나와도 APU 피아노과에 입학할 수 있지만, 먼저 오디션에 합격해야 한다고 설명해 주었다.
그리고 백인 교수 두 명과 박 교수 등 세 명의 심사위원(Jury) 앞에서 피아노 연주 오디션을 보게 되었고, 기쁘게도 합격하여 입학 허가를 받을 수 있었다.
김경미 교수가 앤드류 교수를 소개해준 것처럼 누군가 길은 걸어가는 것이 아니라 걸으면서 찾는 것이라 했다.

초등학교만 다닌 장애인 여성이 51세에 뒤늦게 중학교 검정고시 도전을 통해 학업을 다시 시작했고 마침내 대학을 졸업하게 되었다니, 그 기쁨은 이루 말할 수 없었다.

그러나 나의 진정한 목표는 대학 졸업이 아닌, 대학원에서 피아노를 전공하는 것이었다. 그래서 한국에 피아노과가 있는 숙명여자대학교 대학원과 여러 유명 대학원을 알아보았다.

하지만 학비가 한 학기에 700만 원이 넘을 정도로 너무 비쌌고, 외국인에게 주어지는 혜택도 없었다.

학비 외에도 한국에서 생활하려면 약 1만 달러가 더 필요했다.

또 한국 대학 측에서도 젊은 학생들이 주를 이루기 때문에, 60세에 가까운 나이든 학생에게는 투자를 주저했다.

결국, 한국 대학원 진학은 포기하고, 미국 대학원에서 피아노를 공부하는 방안을 다시 알아보았다.

무식하면 용감하다는 말처럼, 먼저 LA에 있는 USC 대학의 문을 두

드려 보았다.

마침 아는 분이 USC 대학 입학처에서 근무하고 있어 상담을 했으나 음악대학원에 대한 입학 정보는 얻을 수가 없었다.

다른 루트를 통해 알아보았는데 일단 오디션 곡을 CD로 녹화해 보내서 합격이 되면 다음 단계에 절차가 있고 상당히 경쟁이 세며, 과정도 매우 까다로운 것을 알게 되었다.

그러나 당시 몸 상태가 매우 좋지 않아 아침에 일어나면 도로 누워야 할 정도여서 CD녹음은 무리였다.

적어도 6개월간의 연습이 필요한데 연습이 불가능 상태라 USC 입학은 그 해 포기할 수밖에 없었다.

한 해나 한 학기를 쉬게 되면 나이가 있어 지속해서 공부하는 것을 멈추게 될까 조급한 마음에 방법을 찾아보도록 했다.

알아보니 베데스다 대학교에 피아노 전공 과정이 있어 이곳에서 피아노를 배운 후 미국 대학원에 진학하는 목표를 세웠다.

다행히 '펩사론'(FAFSA lown, 학생을 위한 학비 융자)을 탕감받아 대학교에서 피아노를 배우기 시작했다. 그러나 피아노 레슨을 담당한 여교수가 팔이 부러져 깁스를 하는 바람에 수업을 계속할 수 없었다.

대신 다른 한인 여교수인 김경미 교수가 오게 되었는데, 그녀는 왜 나이든 사람이 피아노를 공부하느냐고 물었다.

내가 지금까지의 사정 이야기를 하고 대학원에서 피아노를 전공하고 싶다는 꿈을 이야기하자, 그녀는 놀랐다.

그리고 자기가 아는 오빠가 피아노 교수로 박사인데 현재 아주사 퍼시픽 대학원(APU)에서 피아노 교수로 재직 중이고, 이미 장애인 학생들도 가르친 경험이 있다며 오빠를 소개해 주겠다고 했다.

정말 얼마 지나지 않아 오빠인 앤드류 박 교수가 전화를 주었고, 우리는 아주사 대학원에서 만나 사정을 이야기했다.

박 교수님은 한국에서 대학을 나와도 APU 피아노과에 입학할 수 있지만, 먼저 오디션에 합격해야 한다고 설명해 주었다.

그리고 백인 교수 두 명과 박 교수 등 세 명의 심사위원(Jury) 앞에서 피아노 연주 오디션을 보게 되었고, 기쁘게도 합격하여 입학 허가를 받을 수 있었다.

김경미 교수가 앤드류 교수를 소개해준 것처럼 누군가 길은 걸어가는 것이 아니라 걸으면서 찾는 것이라 했다.

나의 예수님은 자신이 길이라 말씀하셨다. 믿고 걸으니 그것이 길이었다. 경미 선생님의 말 한마디는 오늘에 나를 있게 하는 교량 역할을 하였다.

소중한 만남의 시간은 내가 생각하지 못한 때에 일어나고 있었다.

28 3년간 30과목 이수 후 입학

그때 하나님의 또 다른 기적이 일어났다. 과거 사이버대학 공부를 도와주었던 식당 여주인 이지니 집사님은 내가 APU에 입학했다는 소식을 듣고, 어느 날 등록금은 내셨냐고 물었다. 아직 안 했다며 그동안의 경과를 말하자, 대뜸 이지니 집사님은 "내가 나머지 등록금을 담당하겠습니다"라고 말했고, 나는 감사의 눈물을 흘렸다.

내가 APU 피아노과에 입학했을 때 나이는 67세였다. 아마도 그 학교에서 최고령자였을 것이다. 또한 장애인으로서 피아노과에 입학한 학생도 많지 않았을 것이다.

대학 측에서는 내가 미국 신학대학에서 피아노학과를 졸업하지 않았고, 한국 대학에서도 피아노 학과를 전공하지 않았기 때문에 한국 대학 성적표를 제출하라고 요구했다.

나는 거의 모든 과목에서 A 학점을 받은 성적표를 영어로 번역해 제출했다. 그러나 이번에는 음악대학에서 요구하는 13과목을 먼저 이수해야만 입학 허가를 받을 수 있다는 조건이 생겼다.

커뮤니티 칼리지에서 13과목을 이수하려고 알아봤더니, 그곳에서는 13과목을 듣기 전에 먼저 17과목을 이수해야 한다고 했다.

정말 기가 막힐 정도로 APU 입학은 쉽지 않았다. 하지만 포기하지 않고, 3년 동안 LA 커뮤니티 칼리지 등 세 곳에서 풀타임으로 공부하며 총 30과목을 이수했다.

3년 후, 다시 APU 행정과에 갔더니 대학 측에서는 내가 모든 과목을 이수하고 등록할 것이라고는 생각조차 못했던 것 같다.

행정담당 교수가 나를 보고 놀라워하며 "정말 왔네, 정말 해냈네" 라며 3년 후에 입학하겠다는 약속을 지켰다며 너무 기뻐했다.

그리고 입학 허가가 유효하다고 친절하게 설명 해주었다.

그럼에도 박 교수님은 이번에 한 번 더 오디션을 받아 장학금을 받아야하지 않겠냐고 제안을 했다.

2022년 가을 입학을 목표로 2월에 다시 4명의 심사위원(Jury) 앞에서 오디션을 봤다.

합격 통지서는 3개월이 지난 5월에 학비 50%지원과 조교타이틀을 부여 받는다는 통보를 받았다.

심사위원들은 내 실력이 더 좋아졌다고 칭찬했다. 또한, 50% 장학금을 받으려면 성적이 계속 3.0 이상이어야 한다고 했는데, 나는 걱정하지 말라고 단호히 말했다.

이미 51세에 중학교 검정고시를 공부한 이후 15년 동안 하나님이 주신 능력으로 여기까지 왔다는 확신이 있었기 때문이다.

그때 하나님의 또 다른 기적이 일어났다. 과거 사이버대학 공부를 도와주었던 식당 여주인 이지니 집사님은 내가 APU에 입학했다는 소식을 듣고, 어느 날 등록금은 내셨냐고 물었다.

아직 안 했다며 그동안의 경과를 말하자, 대뜸 이지니 집사님은 "내가 나머지 등록금을 담당하겠습니다"라고 말했고, 나는 감사의 눈물을 흘렸다.

내가 APU 피아노과에 입학했을 때 나이는 67세였다. 아마도 그 학교에서 최고령자였을 것이다. 또한 장애인으로서 피아노과에 입학한 학생도 많지 않았을 것이다.

피아노 실기 시험에서는 악보를 보지 않고 외워서 연주해야 하는데, 시험관 교수님들은 내가 나이도 많고 장애인이니 악보를 보고 연주해도 된다고 배려해 주셨다.

하지만 나는 항상 할 수 있다며 악보 없이 연주했다.

졸업 시험에서는 악보 없이 1시간 동안 피아노를 연주해야 했기 때문에 하루에 6~7시간씩 연습했고, 체력 단련도 함께 해야 했다.

내가 대학원에 입학하기 위해 3년 동안 3개의 커뮤니티 칼리지에서 풀타임으로 30과목을 이수한 것에 많은 사람들이 놀라워했다.

60 후반의 장애인 몸으로 정말 공부를 했다는 것은 나도 놀랐다. 하지만 덕분에 영어 실력과 지식이 늘었고, 이것이 대학원 공부에도 많은 도움이 되었다고 믿는다.

한국에서도 영어를 배우려고 노력했지만 대부분 "I am a boy. You are a girl." 같은 교과서 위주의 학습이었다.

미국에 와서는 어느 날 한 흑인이 나를 보고 "Hi' 하고 인사를 했으나 겁이나 한마디도 못하고 돌아설 정도였다.

그래서 영어를 더 배우기 위해 모르는 단어들을 찾아가며 영어를 익혔다.

한 번은 산부인과 병원에 갔는데 "OB"라는 단어가 자주 나와, 처음에는 왜 OB 맥주 이야기를 하는지 의아했다.

정확한 뜻을 알기위해 집에 가서 사전을 찾아보니 "OB-GYN"(obstetrics and gynecology)이 산부인과라는 뜻이었다.

이처럼 모르는 영어 단어를 찾아가며 공부하는 것이 재미있었다. 이것도 하나님이 주신 지혜라고 믿는다. 그 뒤부터 지금까지 통역 없이 병원에 다니고 있다.

대학원 입학에 3년이라는 긴 시간이 걸리고 30과목을 추가로 이수해야 했지만, 이는 하나님께서 부족한 나를 준비시키시는 하나님의 뜻으로 알고 하나님께 감사하고 있다.

5부

장애인들 위한
케어 홈 마련

29 길이요 진리요 생명이신 예수님

나는 70이 다 되어 대학원을 졸업했다. 그 나이면 대부분 은퇴하고 편히 쉬거나 여행 등으로 여생을 즐길 때이다.
뒤늦은 50대, 60대에 뒤늦게 공부를 시작했지만, 공부는 하고 싶다고 누구나 할 수 있는 것이 아니었다.
그럼에도 불구하고 이 모든 것을 가능하게 하시고 여기까지 인도하신 예수님을 증거 하는 데 남은 삶을 드리기 원하고 있다.

"예수께서 이르시되 내가 곧 길이요 진리요 생명이니 나로 말미암지 않고는 아버지께로 올 자가 없느니라" (요14:6)

예수님은 이미 자신이 길이라고 말씀하셨다. 그렇기 때문에 우리가 길이신 예수님을 따라갈 때, 우리는 바르게 나아갈 수 있고 꿈도 이룰 수 있다고 믿는다.

어려움이 닥칠 때 우리는 예수님께 자꾸 길을 열어달라고 기도한다. 하지만 사실 예수님은 이미 우리를 위해 길을 닦아 놓으셨다. 그 길만 따라가면 되는 것이다.

APU에 입학했을 때 많은 두려움이 있었고, 하나님께 길을 열어달라고 간절히 기도했다. 영어도 잘 못하는데 과연 어려운 대학원 공부를 할 수 있을까? 비싼 학비는 과연 감당할 수 있을까?

입학은 했지만 졸업할 수 있을까? 두려움이 가득했지만, 하나님은 학비도, 돕는 손길도 하나님의 사람을 통해 길을 열어주시고 이루어 주셨다.

우리가 오렌지 카운티에서 필랜으로 이사할 때 경제적 사정으로 살던 집에서 나가야 했다.

정말 짐을 싸서 길바닥에 나앉는 상황에 처했다. 그때 나는 이 어려운 상황이 끝이 아니며, 하나님은 그 속에서도 일하고 계신다는 것을 두 아들이 믿고, 하나님을 오해하지 않도록 기도했다.

역시 길이신 예수님은 비록 작은 모빌홈이었지만, 이사 당일에 집을 구하게 하셔서 길바닥에서 자지 않게 하셨으니 이것도 큰 감사의 제목이다.

필랜에서 1베드룸 모빌홈에 살다가 대학 기숙사에 있던 큰아들이 공부를 마치고 우리와 함께 살자고 해서 2016년에 다시 오렌지 카운티의 LA Palma로 이사하여, 지금은 2베드룸 아파트에서 두 아들과 함께 8년째 살고 있다.

두 아들은 그동안의 대학 학자금도 다 갚고 이제는 작은 집이라도 살 준비를 하고 있다.

우리가 걸어온 길은 구불구불하고 어둡고, 비바람과 눈이 내리는 험한 길도 있었지만, 예수님께서 닦아 놓으신 길을 불평 없이 따라가다 보니, 이제는 더 넓고 환하며 평탄하고 아름다운 길로 인도받고 있는 것 같아 참으로 감사하다.

나는 70이 다 되어 대학원을 졸업했다. 그 나이면 대부분 은퇴하고 편히 쉬거나 여행 등으로 여생을 즐길 때이다.

뒤늦은 50대, 60대에 뒤늦게 공부를 시작했지만, 공부는 하고 싶다고 누구나 할 수 있는 것이 아니었다.

그럼에도 불구하고 이 모든 것을 가능하게 하시고 여기까지 인도하신 예수님을 증거 하는 데 남은 삶을 드리기 원하고 있다.

많은 수고와 인내, 아픔과 절망을 경험했을지라도, 예수님께서는 십자가의 고난과 죽음을 감당하셨고, 부활로 자유케 하셨다. 그러므로 오늘 아무리 어렵고 힘든 일이 있다 해도 나는 자유하다.

예수님을 기쁘시게 하는 것은 "오직 그분이 누구이신가"를 증거하는 것이라고 믿는다.

오늘날 어떤 환경에서 살고 있던, 장애인, 비장애인을 막론하고 예수님이 없는 삶은 모두가 부족할 수밖에 없다.

나는 앞으로 만나는 많은 이들에게 이 메시지를 전하고, "생명이신 예수님이 누구이신가"를 증거 하는 일에 동참해 주기를 기도하고 있다.

30 장애인들을 위한 케어 홈 마련 꿈

장애인을 둔 어머니들은 간절한 기도 제목을 갖고 있었다.
"하나님, 저 아이보다 꼭 하루만 더 살게 해주십시오."
정상 아이들을 키우는 어머니의 기도와는 무관한 것이었다.
그러나 이 기도는 너무나 절실하고 간절한 마음에서 나오는
것이었다. 하나님! 저들이 마음껏 하나님을 찬양하고 지낼 수
있는 집을 달라고....!
장애인들을 위한 그룹 홈의 꿈을 주신 하나님께서는 후원금
10만 달러로 필렌에 5에이커의 땅을 구입하게 하셨다. 이는
선교회를 말없이 후원해주신 회원들의 사랑 덕분에 가능했다.

69세의 만학도로 대학원 피아노과를 졸업하며 학력에 대한 목표를 이루었다. 주변에서는 이제 박사 학위를 받아 대학 교수가 되는 게 어떠냐고 권하기도 한다.

그러나 나의 최종적인 꿈은 그것이 아니다. 또 아직 이루어진 것도 아니기 때문에 계속 기도하고 노력하고 있다.

그 꿈은 신앙 안에서 장애인들이 살 수 있는 케어 홈(Care Home)을 마련하는 것이다. 그동안 장애인 선교를 하면서 이러한 케어 홈의 필요성을 절실히 느꼈기 때문에 이미 준비를 시작했지만 아직도 갈 길이 멀어 계속 기도와 노력을 이어가고 있다.

장애인 선교를 하다 보니 장애인뿐만 아니라 그 부모들까지도 많은 문제와 어려움을 겪고 있어 그들도 도와야 한다는 것을 절실히 깨달

앉다.

특히 시간이 흐르면서 장애인 자녀를 둔 부모님들이 나이가 들고, 더는 자녀를 돌볼 수 없게 된 상황이 점점 많아졌다. 그래서 많은 부모님들이 자녀를 대신 돌봐주고 함께 살 수 있는 케어 홈을 마련해 달라고 많이 요청해 왔다.

케어 홈이 마련되면 다른 사람의 도움 없이는 혼자 살아갈 수 없는 정신적, 신체적 장애인들을 돌보아 줄 수 있기 때문에, 그들이 부모 곁을 떠나서도 신앙생활을 하며 독립적으로 안정된 삶을 살 수 있게 될 것이다.

이같은 장애인 케어 홈을 마련하는 꿈을 이루기 위해 1999년 5월, 담임 목사님 허락을 받고 공식으로 'Grace Land'(장애인을 사랑하는 공동체) 라는 비영리 단체를 주 정부에 등록하고 본격적인 복지 및 재활 프로그램을 시작했다.

이곳에서는 평생 보호대상인 발달 장애인(정신적, 육체적)들에게 복음을 전하며 재활 훈련과 사회 적응 훈련, 독립 생활을 위한 적응 훈련 등을 제공하고 있다.

그레이스 랜드 선교회 사무실

154

장애인을 둔 어머니들은 간절한 기도 제목을 갖고 있었다.

"하나님, 저 아이보다 꼭 하루만 더 살게 해주십시오."

정상 아이들을 키우는 어머니의 기도와는 무관한 것이었다.

그러나 이 기도는 너무나 절실하고 간절한 마음에서 나오는 것이었다. 하나님! 저들이 마음껏 하나님을 찬양하고 지낼 수 있는 집을 달라고....!

장애인들을 위한 그룹 홈의 꿈을 주신 하나님께서는 후원금 10만 달러로 필렌에 5에이커의 땅을 구입하게 하셨다. 이는 선교회를 말없이 후원해주신 회원들의 사랑 덕분에 가능했다.

어느 장로님과 권사님 가정은 세 자녀 모두가 정신박약인 지적장애를 가지고 있었다. 장로님은 애들은 남의 도움 없이는 살아갈 수 없는데 자신이 죽으면 자녀들을 돌볼 수 있는 의탁 가정집(Foster Home)이라도 마련해 달라고 간절히 요청하셨다.

그러나 우리 선교회는 재정 부족으로 당장 마련할 수 없었고, 매년 '장애인을 위한 그레이스 랜드 후원의 밤'을 열어 찬양과 간증 행사를 진행하며 후원금을 모았다.

장애인 케어 홈 마련 후원금을 마련코자 LA 뿐만 아니라 샌프란시스코 등 미국 여러 교회들을 방문하고 후원을 받았다.

오하이오주 한 가정에서 부인이 나의 간증을 테이프로 듣고 은혜를 받았다며 연락을 주었다.

그러나 남편이 우리 교회가 이단이라고 비난한다는 소리를 듣고, 당시 전도사였던 남편과 함께 사비를 들여 직접 오하이오주로 가서 그들에게 설명하기로 했다.

공항에서 남편 분이 픽업해 주었고 집으로 초대해 주셨다. 저녁 식사 전에 식탁에서 집중적으로 여러 가지 질문을 하셨다.

내가 간증과 함께 모든 내용을 설명하자, 남편 분은 그제야 모든 의혹이 다 풀렸다고 하며 식사를 하자고 했다.

이후 그 부부는 우리와 더욱 가까워져 캐나다 나이아가라 폭포 구경도 시켜줄 정도로 친해졌다.

그리고 1998년에는 집을 팔았다며 후원금으로 1만 달러를 헌금해 주셔서 장애인 케어 홈 마련 기금으로 적립했다.

또 어느 날 교회에서 찬양팀과 연습을 하고 있을 때, 한 젊은 아이 엄마가 텍사스에서 우리 은혜교회를 찾아왔다며 한 자매가 나에게 데려왔다.

이야기를 해보니 그 아이 엄마는 부부 사이의 문제로 아이를 두고 집을 나온 상태였다.

당시 시간이 저녁이었고, 그녀는 아는 사람도 없는 상황이었기에 우리는 호텔에 숙소를 잡아 주고 상담을 했다.

또 그녀의 마음을 돌이키기 위해 기도원에도 차편을 제공해주었다.

그 후 그녀는 다시 집으로 돌아갔고, 몇 달 후 연락이 왔다. 다시 가족이 화목하게 되었다며 당시 잘못된 선택을 했으면 큰일 날 뻔 했는데 선교사님이 잘 인도해 주신 덕분에 해결되었다며 감사의 뜻으로 1만 달러를 헌금해 주셨다.

어느 가정은 세 자녀 중 아들이 두 명 있었는데 큰 아들이 심한 뇌성마비 장애인이었고, 둘째 아들은 건강했다.

어머니는 리커스토어를 운영했는데, 고등학생이던 둘째 아들이 가게에서 어머니를 돕다가 강도를 당했다.

돈을 주겠다고 했지만, 강도는 아들에게 총을 쐈고, 어머니가 달려들었으나 결국 아들은 총에 맞아 소생하지 못했다.

심방을 갔을 때, 어머니는 "왜 하나님은 저 병신 아들은 그대로 두시고, 멀쩡한 아들을 데려가셨나"하며 하나님께 원망을 쏟아내셨다.

어머니는 이후 집의 커튼도 열지 않고 매일 죽은 아들의 묘소만 찾아다니며 슬퍼하셨고 하나님을 원망했다.

우리는 그런 상황에서는 어머니가 뇌성마비 큰 아들을 돌보기 힘들다고 판단하고 큰 아들을 선교회에 데려와 예배를 드리고 식사도 함께하게 했다.

몇 년 후에야 이 어머니는 회복되어 뇌성마비 큰 아들을 돌봐준 것에 감사하고 당시 아들을 원망하고 상처를 줬던 것에 대해 미안하다고 말했다.

이처럼 때때로 장애인 부모님들조차 장애 자녀들을 키우고 돌보는 것이 지치고 힘들어 스스로를 한탄하거나 자녀들에게 마음에도 없는 원망을 쏟아내기도 한다.

그런 부모들에게 장애인들을 돌보는 케어 홈은 절실히 필요하다.

정부 지원으로 이미 많은 케어 홈이 있지만 한인 부모님들이 원하는 한국 사람들의 공동체는 많지 않다.

물론 한국 사람들끼리만 살 수는 없다. 하지만 신앙인으로서 그들이 신앙생활을 할 수 있는 공동체를 만드는 것은 우리 선교회가 이루기를 바라는 목표인 것이다.

그래서 장애인들을 돌보고 함께 공동생활을 할 수 있는 케어 홈이 절실히 필요하다.

이렇게 두 명으로부터 사랑의 헌금 2만 달러가 들어오고 내가 만든 피아노 CD 판매금과 여러 후원자들의 성금으로 9만 5천 달러를 모았다.

이를 통해 땅값이 싼 필랜에 5에이커(6만평)의 넓은 땅을 구입하고, 집 두 채를 지어 장애인들이 함께 살 수 있도록 계획하고 있다.

그러나 계속 물가가 올라 일반 집을 지으려면 40만 달러 이상이 들고 모빌 홈을 마련하려해도 20만 달러 이상이 드는데 융자를 얻으려해도 땅만 있어서 받지 못하고 있어 아직도 재정적으로 어려운 상황이다.

그러나 지금까지 하나님이 인도하신 것처럼 언젠가는 이뤄질 것으로 믿는다. 이 꿈이 완성될 때까지 기도하며 장애인들과 그 부모님들을 돕는 사역을 계속해 나가고자 한다.

그래서 인간적으로 완공 목표일은 없다. 내가 바라는 기간이 아니라 하나님의 때가 되어야 꿈이 실현될 것으로 믿는다.

그때가 살아생전 빠른 날이 되어 어려운 장애인들과 장애인 부모님들을 돕고 싶다.

앞으로 선교회의 바람은 환경적 제약 (재정, 이동권, 편견, 시설 문제) 등으로 공부하지 못하는 사람들에게 장학금을 지원하고 더 나아가서는 장애인 지도자를 양성하는 일이다.

31 장애인의 완전한 참여와 평등

미국은 장애인 복지의 천국이라고 할 정도로 장애인을 위한 인프라가 잘 갖춰져 있고, 장애인 차별이 거의 없다.
이는 장애인 차별금지법이 잘 시행되고 있으며, 차별이 발생할 경우 전문 변호사들이 피해보상 소송을 걸 수 있기때문에 매우 조심하는 사회적 분위기 덕분이다.

1981년 UN총회는 '장애인의 완전한 참여와 평등'을 주제로 '세계 장애인의 해'를 선포하고 세계 모든 국가에서 기념사업을 추진하도록 권장했다.

한국에서도 '세계 장애인의 해' 기념사업의 일환으로 1981년 4월 20일을 장애인의 날로 제정하고 '제1회 장애인의 날' 기념행사를 개최했다.

국민의 장애인에 대한 이해를 깊게 하고, 장애인의 재활 의욕을 고취하기 위한 목적으로 제정된 기념일이었다.

4월 20일을 '장애인의 날'(이전 재활의 날)로 정한

한국 지하철 리프트 오르기 체험

것은, 4월이 1년 중 모든 만물이 소생하는 계절이어서 장애인의 재활 의지를 부각시킬 수 있다는 데 의미를 둔 것이라 한다.

1981년에야 비로소 한국에 장애인의 날이 제정되었다는 것은, 그 이전까지는 정부나 국민들이 장애인에 대해 상대적으로 관심이 적었음을 의미한다.

내가 태어난 1950년대뿐만 아니라 60년대, 70년대에도 장애인들이 국가적으로나 사회적으로 많은 차별을 받았다.

당시 한국은 전쟁 후 경제적으로 어려운 시기였기 때문에, 정상 학생들도 학교에 가려면 걸어가야 했고, 일부는 자전거를 타고 다녔다.

도심 지역에는 미국처럼 스쿨버스가 없어서 일반 학생들도 만원 버스를 타고 학교에 가야 했기 때문에 장애인들은 일반 버스조차 타고 갈 수 없어 더욱 어려웠다.

나 역시 집에서 부모님이 업어서 학교에 데려다주고 데려와야 했기 때문에 초등학교만 겨우 다닐 수 있었다.

당시 사회적으로도 장애인들을 보면 '병신'이라거나, '벙어리', '절름발이 '귀머거리', '장님' 같은 천한 단어로 비하하고 소외시키는 경우가 많았다.

경제가 어려웠던 한국에서는 장애인에 대한 혜택이 거의 없어, 장애인들은 거리나 버스에서 구걸을 하거나 물건을 팔며 생계를 이어갔다.

장애인들에 대한 무지와 배려 부족으로 장애인을 보면 그날 재수가 없다며 소금을 뿌리는 사람들도 있었고, 택시를 잡는 것도 매우 어려웠다. 그러나 그 이후 한국도 경제 발전과 함께 장애인에 대한 교육과 계몽도 확대되어 장애인을 위한 편의시설과 복지 제도가 많이 개선되어 기쁘다.

시민들 또한 장애인을 위해 배려하는 마음이 많이 좋아졌다.

한국에 가서 버스나 전철을 탈 때 장애인을 위한 좌석이 있었고, 양보를 받기도 했다.

검정고시 시험을 봤을 때도 장애인을 위한 배

활짝 핀 개나리 꽃 길을 언니와 함께 거닐었다.

려가 이루어졌다. 공무원이나 시민들도 이제는 장애인을 무시하거나 차별하기보다는, 도와주려는 마음이 많이 보여 많이 달라진 것을 느꼈다.

미국은 장애인 복지의 천국이라고 할 정도로 장애인을 위한 인프라가 잘 갖춰져 있고, 장애인 차별이 거의 없다.

이는 장애인 차별금지법이 잘 시행되고 있으며, 차별이 발생할 경우 전문 변호사들이 피해보상 소송을 걸 수 있기때문에 매우 조심하는 사회적 분위기 덕분이다.

한 예로, 한인 비즈니스 업주가 휠체어가 들어가기 어려운 입구 문턱이 높아 소송을 당한 사례도 있었다.

미국의 도로는 휠체어가 잘 다닐 수 있도록 턱이 낮게 설계되어 있고, 주차장에는 건물 입구 가까이에 장애인 주차장이 마련되어 있으며, 휠체어 사용자가 쉽게 타고 내릴 수 있도록 공간도 넓다. 장애인

주차 위반 시에는 벌금도 크다.

건물이나 교회에서도 장애인을 위한 엘리베이터를 법적으로 설치하게 되어 있어, 2층 건물에도 엘리베이터가 마련되어 있으며, 성전의 강단에도 휠체어로 올라갈 수 있는 구조로 되어 있다.

또한 장애인 화장실도 어디서나 쉽게 찾아볼 수 있다.

미국의 백화점과 마트에도 장애인을 위한 자동 출입문과 편리한 서비스가 마련되어 있어, 전동 휠체어를 탄 장애인들이 도심 거리를 안심하고 다니거나 마트에서 혼자 쇼핑하는 모습을 자주 볼 수 있다.

특히 장애인을 위한 고용 제도도 잘되어 있어, 맥도날드 같은 식당에서 청소나 안내를 담당하는 장애인들이 많이 일하고 있는 모습을 볼 수 있다.

장애인들이 힘든 일은 할 수 없지만, 쉬운 일자리를 마련해 주면 그들도 일을 할 수 있다는 기쁨을 느낄 것이다.

미국에서는 장애인을 위한 복지 혜택도 좋아 정도에 따라 집을 제공하고 무료 의료 서비스도 제공한다. 심지어 병원에 갈 때도 따로 차편이 마련된다.

주변에는 전신마비 장애인이 휠체어로만 이동해야 해서, 정부에서 마련해준 1층 집에서 살고 있는 경우도 있다.

장애인 가족에게는 생활에 필요한 음식과 경비를 제공하는 등 복지 시스템도 잘되어 있다.

WHO의 통계(2002-2004)에 따르면, 세계 15세 이상 인구의 15.6%가 장애인이라고 한다. 2010년 세계 인구 추정치인 69억 명을 기준으로 보면, 현재 세계 장애인 수는 10억 명이 넘을 것으로 추정된다.

한 통계에 따르면 한국의 경우, 2023년 말 기준 등록 장애인은 약 264만 명

서울 청계천을 처음으로 초등학교 친구들과 가봤다.

으로, 전체 인구의 5.1%에 해당한다. 이 통계는 등록된 장애인이기 때문에 실제로는 더 많은 것으로 보고 있다.

15개 장애 유형별 비중을 보면, 지체장애(43.7%), 청각장애(16.4%), 시각장애(9.4%), 뇌병변장애(9.1%), 지적장애(8.7%) 순으로 지체 장애가 가장 많은 것으로 나타났다.

한국도 장애인의 직업재활과 고용 기회 확대를 통해 자활 여건을 조성하고 복지 향상을 위해 장애인 고용 의무 제도를 도입하고 있다.

장애인 고용촉진 및 직업 재활법에 따라, 상시 근로자 50인 이상을 고용하는 사업주는 근로자 총수의 5%에 해당하는 장애인을 의무적으로 고용하도록 규정되어 있다.

2024년부터는 이 의무 고용률이 3.1%~3.6%로 상향 조정되며, 장애인을 고용하지 않을 경우 고용부담금을 납부해야 한다.

그러나 한국에 갈 때마다 듣는 이야기는, 실제로 많은 기업들이 장애인 고용을 꺼리고 있다는 것이다.

장애인과 함께 일하면 능률이 오르지 않는다는 이유로, 차라리 벌금을 내고 장애인을 고용하지 않는다고 한다.

법적으로는 장애인 차별 금지가 있지만, 여전히 실질적인 차별이 존재하고 있으며, 이는 반드시 시정되어야 한다.

미국의 경우, 미국 장애인법 (ADA)에 따라 장애인 고용 차별이 금지되어 있으며, 연방정부 부처 및 기관별로 인력의 12%(일부 장애는 2%)를 장애인으로 고용해야 한다.

민간 기업에는 이러한 고용 의무가 없지만, 연방정부와 1만 달러를 초과하는 계약을 체결하는 사업체는 일정 비율의 장애인 인력을 고용해야 하며, 현행 권장 목표치는 7%이다.

선천적인 장애인도 있지만, 건강했던 사람들도 나이가 들거나 사고를 당해 장애인이 되는 경우가 많다.

가장 흔한 경우가 뇌졸중으로 인한 반신불수나, 급증하는 교통사고로 인한 장애이다. 그래서 장애 문제는 현재의 장애인들만의 문제가 아니라, 우리 모두의 문제라고 본다. 따라서 장애인에 대한 차별을 금지할 뿐만 아니라, 장애인을 위한 편의와 복지 개선이 필요하다고 믿는다.

32 하나님을 사랑하고
사람을 사랑하는 사람들

40년이 지난 지금도 함께 교제하며 한국 갈 때마다 도움을 주는 신망애 재활원에 김양원 목사님, 박춘화 원장님이 있다.
김 목사님은 은혜받고 자신과 같은 장애인들에게 복음을 전하기 위해 장애인 한사람, 한사람을 자기 집으로 데려가 살면서 점점 늘어나는 장애인들에 거처를 위해 천막을 쳐서 궁핍하지만 그곳에서 예배하며 하나님을 의지했다.
나는 저들이 절박한 상황에서도 하나님을 찬양하는 현장에 가서 부흥회를 인도했고, 저들과 눈물로 밤새워 기도하며 주님이 주신 기쁨을 함께 나누었다.

성공해서 돌아오리라 했던 한국을 1983년 선교사로서 첫 방문하게 됐다. 장애인 선교를 하는 관계된 사람들과 장애인들을 만나기 위함이었다.

40년이 지난 지금도 함께 교제하며 한국 갈 때마다 도움을 주는 신망애 재활원에 김양원 목사님, 박춘화 원장님이 있다.

김 목사님은 은혜받고 자신과 같은 장애인들에게 복음을 전하기 위해 장애인 한사람, 한사람을 자기 집으로 데려가 살면서 점점 늘어나는 장애인들에 거처를 위해 천막을 쳐서 궁핍하지만 그곳에서 예배하며 하나님을 의지했다.

나는 저들이 절박한 상황에서도 하나님을 찬양하는 현장에 가서 부흥회를 인도했고, 저들과 눈물로 밤새워 기도하며 주님이 주신 기쁨을 함께 나누었다.

근육디스트로피 (근육이 퇴보하면서 걷는 힘을 잃으며 결국에는 휠체어를 타거나 누워 지내게 된다)라는 병을 갖고있는 두 아들의 어머니, 바짝 마르고 온몸을 가누지 못하는 상태에서 눈 만 깜빡거리고 있는 아들을 어루만지며 "선교사님, 난 이 아들 때문에 살아갑니다. 하나님이 나를 살려주셨고, 이 아이들은 내가 살아갈 이유를 주었습니다"

하나도 아닌 두 아들을 양 옆에 두고 어루만지며 웃으면서 말했다.

어떻게 이러한 고백이 가능한 것일까?

난 보조기를 벗고 그들과 같이 바닥에 앉아 전심으로 함께 기도했고, 한 사람씩 위해 기도하며 밤을 새웠다.

신망애 재활원 박춘화 원장님

신망애 교회 주최로 장애인 복지 대회를 개최했는데 1983년에는 강사로 초청되어 장애인들과 만남도 갖게 되었다.

박춘화 원장님은 라디오에서 김 목사님의 간증을 듣고 잠시 그들을 도우러 갔다가 김 목사님의 요청을 받고 20대 초인 그때부터 오늘까지 장애인들을 돌보며 그들과 함께 시설에서 살고 있다.

그뿐만 아니라 박 원장님은 건장한 청년 장애인들을 한사람씩 업어 예배실로 이동한다.

안타깝게도 열약한 환경에 있던 그들의 예배처소는 가파른 2층에 자리 잡고 있어 강사로 간 나도 그녀의 등에 업혀 이동한 적이 있다.

그녀는 무엇 때문에 여기에서 그 고된 봉사를 하고 있을까? 그녀는 하나님을 사랑하고 사람을 사랑하는 사람인 것이다.

그녀의 깊은 심성에는 사람들의 필요를 채워주며 버려진 아이들을 키우며 그들의 어머니가 되어주었고, 그녀 자신의 안일을 위해 살지 않았다.

말보다는 행동으로, 무뚝뚝한 표정에서 그녀의 아름다운 미소는 사람들의 마음을 위로해 주었다. 내가 수능시험을 보러 갔을 때 그녀는 새벽에 일어나 도시락을 싸주었다.

엄마가 딸 시험 잘 치라고 격려하듯, 그녀의 묵묵히 섬기는 모습에 나는 겸손해질 수 밖에 없었다.

양평 은혜의 집을 수년간 시설장(원장)으로 수고해 오신 최재학 목사님, 박인옥 사모님, 그들도 장애인들을 돌보아 오신 분들이다.

최 목사님은 사고로 왼손을 잃었지만 참으로 재주가 많아 한손으로 집을 여러 채나 짓고 그림도 그리고 못 하는 거 빼고 다하시는 분이다.

표현을 잘 안하시는 그분들과의 친분은 긴 시간을 두고 갖게 되었지만 가난한 시절에 시작한 장애인 돌봄은 정부가 복지 정책을 세우기 전까지는 많은 고생을 하며 하나님이 주신 사명과 영혼을 주께로 인도하고픈 마음 하나로 버티어 내었던 분들이다.

한국에 가면 어려운 중에도 선교를 협력해 주셨고 맛있는 것도 사주시고 마음껏 사랑을 표현해 주셨다.

묵묵히 하나님이 주신 사명을 감당하시는 많은 시설장들, 사회복지사들의 헌신에 감사한다. 가끔은 자기 영리를 취하는 사람들을 만나게 되지만 끝까지 진실 된 삶을 지켜낸다면 하나님의 승리는 우리의 것이 되리라 믿는다.

지금은 한국 정부가 사회복지 정책으로 비영리 단체에 지원을 하며 사회복지사 자격을 취득한 사람들에 의해 장애인 시설에서 그들을 돌보게 하였다.

33 뭉그러진 주님의 손

담임 목사님 천대성, 지금은 아마도 하늘나라에 계시지 않을
까! 건강하신 목사님이 그들과 함께 하게된 사역의 동기는 잘
모른다.
그러나 원하지 않았으나 그들의 한 맺힌 삶에 주님을 만나는
복된 삶으로 인도하신 천 목사님은 너무나 귀한 사역을 하심
에는 분명하다.
예배 후 어느 성도님이 아침 밥상을 들고 들어오는데 그 열 손
가락이 다 뭉그러졌다.
"선교사님 많이 드세요" 하는데 그녀의 손가락을 보고 차마
밥을 먹을 수가 없었다.
뭉그러진 손이 자꾸 어른거린다. 천 목사님이 식사기도를 하는
동안 "하나님, 이 식사를 해야 하는데 어떡하나요?"
주님이 말씀하십니다. "그 손이 내 손이다"

1983년에 부산 나환자 교회 상애원을 방문하게 되었다. 그곳은 나환
자 마을로 치료가 완치된 나환자들이 사는 곳이다.

물론 처음에 그 마을이 형성되기까지 수많은 어려움을 겪었다. 완치
됐음에도 병이 옮길까봐 마을에서 쫓겨나기도 하고 멸시 천대를 받았
다고 한다.

그러나 그 이후 건강한 자녀들, 일반 시민들이 함께 어우러 사는 마
을이 되었다고 한다.

그곳에 새벽 예배를 인도하러 계단을 오르는데 마침 친정어머니도
한국을 방문한 터라 난간이 없는 계단을 어머니 부축을 받아 올라가는
데 누가 내 옆에 와서 오셨어요? 하기에 네, 하고 답하는데 너무나 놀
래서 비명을 지를 뻔했다.

그녀는 눈만 빼고 온 몸을 붕대로 휘감고 있었다. 예배실에 앉아있는 성도는 대부분 붕대를 감았고 손가락까지 붕대를 감은 사람들이 많았다. 찬양하는 성도들의 손은 높이 올라갔다.

모두가 붕대 감은 손, 제대로 손을 펴지도 못했지만 "나 같은 죄인 살리신 주 은혜 놀라와" 거의 통곡에 가까운 눈물을 흘리며 찬양을 하는 그들은 하나님을 향한 애통이었고 감사였다.

나는 설교를 어떻게 했는지 모두가 눈물과 감사와 기쁨으로 예배를 마쳤다.

담임 목사님 천대성, 지금은 아마도 하늘나라에 계시지 않을까! 건강하신 목사님이 그들과 함께 하게된 사역의 동기는 잘 모른다.

그러나 원하지 않았으나 그들의 한 맺힌 삶에 주님을 만나는 복된 삶으로 인도하신 천 목사님은 너무나 귀한 사역을 하심에는 분명하다.

예배 후 어느 성도님이 아침 밥상을 들고 들어오는데 그 열 손가락이 다 뭉그러졌다.

"선교사님 많이 드세요" 하는데 그녀의 손가락을 보고 차마 밥을 먹을 수가 없었다.

뭉그러진 손이 자꾸 어른거린다. 천 목사님이 식사기도를 하는 동안 "하나님, 이 식사를 해야 하는데 어떡하나요?"

주님이 말씀하십니다. "그 손이 내 손이다"

지금 이글을 쓰는데도 눈물이 흐른다. 그 주님의 손이 기억나기 때문이다.

나를 위해 죽으신 그분은 나환자들의 뭉그러진 손과 발, 얼굴, 일그러진 그들의 모습에 반영되어서 내게 나타나주셨기 때문이다.

진심으로 주께 나가는 진정한 성도님들의 모습을 보았고, 난 오랜 시간 그들을 주께서 천국에 소망으로 위로와 기쁨을 주시기를 기도했다.

또 1988년 1월부터 5월까지 여수 애양원 병원에서 사역을 했다. 이곳은 나환자(한센)로 완치가 되어 다른 사람들에게 병을 옮기지는 않는데 여전히 피부가 곪고 고름이 나서 치료가 필요한 분들이 모여 사는 마을로 애양원 병원을 이용한다.

한편 짧은 다리나 너무 긴 다리로 균형이 맞지 않는 소아마비 환자들이 수술을 받고 균형을 갖는 수술을 애양원에서 많이 했다.

병원장님은 장로님으로 일반 정형외과 의사로 권위 있고 실력 있는 분이었지만 가난하고 어려운 사람들을 수술해주고 그들에게 복음을 전하는 것을 선택하시고 애양원에서 줄을 잇는 장애인들에게 저렴한 비용으로 수술을 해주셨다.

그곳에 내가 가게 되었고, 나도 수술을 받았다. 원장님이 미국에 잠깐 들렀을 때 애양원을 소개하신 목사님과 함께 진찰을 받게 되었다.

내가 앉아 있을 때 허리 힘이 없어서 기울어지는 자세를 위해 교정하기 위해 양 사타구니 근육을 허리에 잇는 수술을 하면 훨씬 도움이 될 거라고 한다.

수술은 밀려있으나 원목으로 오기를 원하니 오면 수술도 하고 신앙으로 장기 입원하는 사람들에게 복음을 전해달라고 원장님은 말씀하셨다.

난 장애인들에게 복음을 전할 수 있다는 말에 수술의 결과는 그리 중요하지 않았고, 굳이 수술받을 필요도 느끼지 않았다. 그럼에도 난 오직 하나, 같은 입장에서 그들과 함께하며 복음을 전할 수 있는 기회라 생각했다.

수술을 하기위해 복도에 대기하고 있는 침대들은 마치 시장같이 복잡하고 어수선했다. 수술 대기실도 아닌 복도에 늘어선 환자들, 나도 그 사이에서 침대에 누워있는데 통증으로 고함을 지르며 몸부림치는 청년의 비명은 37년이 지난 지금도 영화 속에 한 장면처럼 생생하다.

나는 어떠했는가? 눈을 떠보니 침대에 엎드려 있었다. 나를 돌봐주러 박 원장이 봉사자를 데리고 왔다며 거울을 비추며 인사를 했다.

1차 이미 미국에서 통 깁스를 한 경험이 있는 나, 이게 웬일인가, 또 통 깁스라니! 그 때 만난 20대 꽃다운 봉사자 이동희, 그녀는 참 내 생애 잊을 수 없는 감사한 또 한 사람이다.

통 깁스를 한 나를 밤낮으로 돌보아 주었다. 통 깁스가 얼마나 고통스럽고 끔찍하게 아픈지 더 언급하지 않고 싶을 만큼!!

그런 중에도 너무나 감사한 것은 통증이 어느 정도 감해진 날부터 기숙사에 있는 모든 환자들을 모아놓고 성경공부를 시작했다. 상상이 되는가?

인도자인 나부터 모두가 엎드려서 복도를 기어 내가 있는 방으로 모여들었고 그런 중에도 웃고, 울고, 떠들며 성경공부도 하고 맛있는 것도 해먹으며 하나님의 사랑을 경험했다.

얼마 후 통 깁스를 떼어내고 다리에 깁스를 한 채로 예배실로 사람들을 모이게 해서 기도모임을 인도했다.

그 때에 또 다른 한 명, 임춘영, 엄청난 하나님의 은혜를 경험한 춘영이는 내가 정말로 사랑하는 자매이다. 이유는 모르겠다.

그 때에 만난 많은 사람들 중에 지금껏 만나는 두 자매이다. 동희 자매도 지금은 권사님이 되어 사회복지사로 일하고 있고 여전히 그 인연에 끈을 놓지 않고 만나고 있다.

난 이 영혼들을 얻기 위해 내 몸의 견딜 수 없는 아픔을 겪으면서 감내했던 그 일을 후회하지 않는다. 그러나 굳이 그렇게 고생하지 않아도 복음은 전하지 않았을까? 웃으며 그렇게 지나친다.

나에게 청혼을 했던 임 집사는 일주일에 한번 때로는 두 번 도착하게 편지를 꾸준히 보내왔다.

기숙사에서 소문이 나 미국 편지 도착했다고 수위 아저씨가 마이크로 방송을 하면 우리 동희는 뛰어가 편지를 갖고서 기숙사 모든 환자들이 모이면 공개 방송으로 편지를 읽고 자기들끼리 웃고, 떠드는 해프닝도 만들어냈다.

그렇게 5개월 반 후에 미국에 다시 돌아왔다. 그리고 우여곡절 끝에 친정식구들의 환영과 끝내 참석하지 않은 시부모님을 뒤로 하고 우리는 1989년 2월 25일에 결혼식을 올렸다.

34 보고 싶고 걷고 싶다

새벽예배를 인도하는 나는 한여름이라 땀을 비같이 쏟으며 주님을 증거 했고, 1,000명이 넘는 장애인들이 부르는 찬양은 어느 소리보다 아름다웠다.

온전한 발음도 되지 않고, 마비로 인해 손을 높이 올리는 것도 온 몸을 비틀어야하는 모습을 강단에서 바라보며 그 새벽에 주를 만나러 나온 저들에게 주님의 긍휼하심과 인자하심을 기도하며 예배를 마쳤다. 그러나 끝이 보이지 않게 기도 받기를 기다리는 사람들을 나는 바닥에 주저앉아 한사람씩 끌어안고 간절히 기도했다.

이 모습을 바라보고 있는 내 두 아들은 무엇을 보았고 어떤 마음이었을까?

나는 1981-2005년까지 5회에 걸쳐 자선 피아노 독주회를 개최했다. 그 중 일부는 한국에 있는 장애인 시설과 맹인교회 후원을, 일부는 이곳에 있는 장애인 장학 후원을 위한 기금으로 사용하였다.

시각 장애인 선교를 위해 평생을 헌신하는 김선태 목사님은 어렸을 때 궁금해서 만졌던 조그만 물체에서 폭발이 일어나 두 눈을 잃었다. 그것은 수류탄이었고, 그의 인생을 바꾸어 놓았던 원인이 되었다.

그분을 만났을 때는 시각장애인들에게 복음을 전하며 미래의 안과 병원을 짓기 위해 모금활동을 활발히 하던 때였다.

한 회의 독주회 후원금은 시각장애인들 안구수술을 위한 경비로 사용되었고, 한국 방문 시 시각장애인 교회에서 예배도 인도하고, 목사님과 오랜 시간 협력하며 지냈다.

하나님께서는 목사님을 통해 한국에 실로암 안과 병원을 개원하게 하셨다. 어느 날 목사님 가정에 초대받아서 식사하고 피아노 앞에 앉았다. 찬양하다 목사님께 물었다.

"목사님의 기도를 들으신 하나님께 원하는 것이 있다면 무엇입니까?"

"난, 단 한번만 내 예쁜 두 딸을 볼 수 있었으면 좋겠다"라고 하셨다.

목사님은 꽤 쾌활한 성격에 사람을 보시면 꼭 보는 사람처럼 그 사람의 외모뿐만 아니라 성격까지 정확히 짚어내시는

시각 장애인 김선태 목사

분인데 내 딸이 어떻게 생겼는지는 모르시겠나 보다"라는 생각에 그 말이 매우 아프게 들렸다.

나의 선교 현장에도 시각장애인 부부가 있었다. 남편이 시각장애인으로 1남 1녀를 둔 분인데 남편이 결혼하고 몇 개월 후부터 눈에 통증을 느끼며 괴로워하더니 몇 년이 지나지 않아 실명하고 말았다고 한다.

1960년대 미국에 와서 치료를 받을 정도로 부유한 가정이어서 사는 것은 어렵지 않지만 남편의 실명으로 인해 심적 고통을 많이 받은 듯 부인은 몸이 마르고 위장병으로 힘들게 지냈다.

그들의 삶을 늘 지켜보던 어느 날 남편인 이 집사님은 내게 물었다. "선교사님은 한 번도 걷고 싶은 적이 없었느냐"고?

아이들이 고등학교를 다닐 때 아들에게 야단을 치며 회초리를 들고 이리저리 휘두르다 "앞도 못 보는 내가 아들 야단 칠 자격은 있는가? 한번만이라도 이 아이 얼굴을 볼 수 있으면 좋겠다"라며 한없이 우셨

다고 고백하셨다.

그렇다, 보고 싶고, 걷고 싶다.

사랑하는 부인의 얼굴도, 사랑하는 자식 얼굴도 보지 못한 사람에게 너무나 당연한 마음으로 왜 그런 마음이 없겠는가!

사랑하는 어린아이의 손을 잡고 걷고, 뛰고 하면서 함께 하고픈 마음이 왜 없었을까?

매일은 아니더라도 문득 더 보고 싶은 마음으로 아파했을 집사님을 하나님의 위로로 채워주시길 기도했다.

2001년부터는 일 년에 두 번 한국 장애인 장학후원을 위해 방문하였다. 그 때 엘림 장애인 선교회를 하시는 고창수 목사님을 만나게 되었다.

같은 교단 목사님이고 장애인 선교를 하시는 건강한 목사님이시다.

대부분 장애인 사역을 하는 분들은 본인들이 장애인 경우가 많은데 고 목사님은 고아로 자라면서 어려운 사람들의 이웃이 되기 위해 이 일을 하시게 되었다고 했다.

어려서부터 거지생활, 깡패들에게 얻어맞으며 자랐다고 하신 목사님은 구름 속에 비치는 햇빛처럼 늘 밝은 웃음을 보여주었다.

나는 한국교회는 장애인 시설 몇몇 외에는 아는 데가 없었다. 고 목사님은 여러 교회들을 연결시켜 주셨고, 매년 여름에 열리는 대형집회에 나를 강사로 2회 초청해 주었다.

"세계 장애인과 일어나서 함께 가자"라는 주제로 5일 동안 진행되는 부흥성회는 전국적으로 흩어져있는 장애인들을 위한 집회이다.

여기에 인근 군인, 청소년, 각 교회 봉사자들에 의해 진행되는데 정말 각양각색의 병을 갖고 온 사람들이 모여 있었다.

봉사자들의 숨은 수고는 저들에게 밥을 먹여주고 씻겨주고 배변 문제까지 해결해주어야 하는 그야말로 손과 발이 되어주어야만 했다.

같은 입장에서 휠체어에 앉아있는 나를 저들은 기쁘게 반겨주었다.

새벽예배를 인도하는 나는 한여름이라 땀을 비같이 쏟으며 주님을 증거 했고, 1,000명이 넘는 장애인들이 부르는 찬양은 어느 소리보다 아름다웠다.

온전한 발음도 되지 않고, 마비로 인해 손을 높이 올리는 것도 온 몸을 비틀어야하는 모습을 강단에서 바라보며 그 새벽에 주를 만나러 나온 저들에게 주님의 긍휼하심과 인자하심을 기도하며 예배를 마쳤다. 그러나 끝이 보이지 않게 기도 받기를 기다리는 사람들을 나는 바닥에 주저앉아 한사람씩 끌어안고 간절히 기도했다.

이 모습을 바라보고 있는 내 두 아들은 무엇을 보았고 어떤 마음이었을까?

태어나서 처음 한국을 방문한 두 아들은 기타와 드럼으로 나와 함께 찬양했고, 한국도 한국교회도 처음 방문했다.

한국 사역에서 잊지 못할 일도 있다.

2009년 봄에 신망애 교회 아침 예배에서 나의 피아노 소리를 듣고 한 장애인 성도가 시를 썼다며 내게 주었다.

하재영 집사는 뇌성마비로 언어장애도 있어 의사소통이 어려워 많은 대화를 나누지는 못하는데 그의 아름다운 시는 나의 마음에 잔잔한 감동으로 다가왔다.

이같은 아름다운 시는 그의 영혼을 이끄시는 하나님께 드리는 고백

이라고 믿는다. 하재영 시인이 앞으로도 하나님을 기쁘게 하고 영광
돌리는 많은 시를 쓸 것으로 기대하고 기도한다.

　　다음은 하재영 시인이 내게 보내준 시이다.

나의 영혼을 잔잔한 물가로

하재영

천사의 손이
나의 영혼을 평온으로 이끌 듯
그대 손마디마디에서 울리는 피아노 연주는
지치고 고난 나의 영혼을 잔잔한 물가로 인도하네.

가을 잎이
아름다운 물 토해 내듯이
그대 심령 속에서 흘러나온 찬양 연주에
맑은 단물이 지금 내 입술에서 마구 토해내네.

그대의 깊은 밑바닥에서부터
끓어 넘치는 찬양 소리에 거친 풍랑이 가라앉고
늘 가로막혔던 인생길이 시원히 뚫리고 있네.

이 땅에
희망 빛을 애타게 찾아 헤매는 나를
헛된 욕심에 사로잡힌 나를

하나님이
귀히 쓰시는 여종의 부드러운 연주에
어둔 눈에 빛을 보여주시고
들끓은 욕심이 사라지고 평화를 들어선 네.

나의 영혼을 잔잔한 물가로

時 하재영

천사의 손이
나의 영혼을 평온으로 이끌 듯
그대 손마디마디에서 울리는 피아노 연주는
지치고 고단한 나의 영혼을 잔잔한 물가로 인도하네.

가을 잎이
아름다운 물 토해 내듯이
그대 심령 속에서 흘러나는 찬양 연주에
맑은 단물이 지금 내 입술에서 마구 토해내네.

그대의 깊은 밑바닥에서부터
끓어 넘치는 찬양 소리에 거친 풍랑이 가라앉고
늘 가로막혔던 인생길이 시원히 뚫리고 있네.

이 땅에
희망 빛을 애타게 찾아 헤매는 나를
헛된 욕심에 사로잡힌 나를

하나님이
귀히 쓰시는 여종의 부드러운 연주에
어둔 눈에 빛을 보여주시고
들끓은 욕심이 사라지고 평화를 들어선 네.

2009. 11/ 6 금

아침 교회에서 최춘애 선교사님이 피아노를 치시는 그 천상의 연주에
밀려드는 은혜를 감당 못하여 쓴 시....

하재영 시인이 내게 보내준 시

179

35 많은 한국교회 방문해 복음 전해

한국선교를 1년에 2번을 가면서 초등학교 사이트에서 친구를 찾게 되는 기쁨을 맛보았다. "친구" 모두에게 있는 친구가 난 단 한명도 없다. 친구를 말하는 사람이 부럽기도 했다.
그런데 친구 찾기를 통해 우연히 학교 친구를 만나게 되었다. 초등학교 때 함께 놀아본 적도 없는, 얼굴도 기억이 없는 친구들이 공항에 나와서 "춘애야, 하며 큰소리로 나를 불렀다.
그들은 평생에 가보지 못했던 놀이공원, 청계천, 남대문 등을 데리고 다녔다. 정말 내게 "친구"라는 이름을 준 초등학교 동창들이 고맙다.

엘림장애인 선교회 집회는 이후에 한 번 더 초대되어 남편 임목사와 갔었고 한국 교회는 시애틀 이동근 장로님을 통해 전주 안디옥 교회 (일명 깡통교회)도 갔었다. 또 용인 수지 순복음 교회 등 15년간 많은 교회들을 방문하고 복음을 전하게 되었다.

예수를 모르고 살았던 내가 아들들과 함께 복음을 전하러 한국을 찾게 된 사실은 꿈이 아닌 현실이었다.

한국에 이동할 수 있는 교통 인프라가 놀랍게 변하면서 KTX로 인해 장애인들도 가고 싶은 곳을 마음껏 다닐 수 있도록 편리해졌다.

덕분에 서울역이나 동대문역에 나를 내려주면 역 도우미들의 도움을 받아 기차를 탈 수가 있다. 장애인 자리도 있고, 휠체어 자리도 따로 있어 지방에도 자유롭게 갈 수 있다.

어느 날 대구를 가기위해 작은 짐을 무릎에 얹혀놓고 기다리다 전동

녹양교회 예배 후 기념사진

휠체어를 탄 청년이 눈에 띄어 말을 시켰다.

그 청년의 휠체어는 옵션이 많이 있었고 매우 럭셔리했다.

"휠체어가 내 것 보다 너무 좋아 보여요, 어디 가세요?"

"천안을 가요" 나의 물음에 청년이 웃으며 답했다.

"그럼 먼저 내리겠지만 갈 때까지는 동승 하겠네요"

말을 건네며 우리는 자연스럽게 같은 휠체어 석에 자리 잡고 이야기를 했다.

한국 엘리엘 교회 예배시간

알아보니 그 청년은 초등학교 때 근육이 마르기 시작하면서 뛰어다니던 아이가 걷고, 걷는 것도 힘을 잃어가 주저앉아 결국 휠체어를 타게 되었다고 한다.

그 당시 청년은 팔에 힘도 잃어가고 있었고 할 수 있는 것이 점점 줄어들고 있는 상황이었다. 이름은 박성준.

성준이는 동국대 법대를 다니고 있었다. 혹시나 해서 불교인 인가요? 물었더니 아니라고 말했다.

그리고 수능에 몇 번 떨어져 쉬다가 다시 대학에 도전했는데 면접 때 2개의 학교에서는 자기를 받아주지 않았고 동국대학교가 자기의 입학을 허가해주어서 다니는 거라고 설명했다.

참 많이 변한 한국이 여전히 학교 문턱이 높다는 현실 앞에 성준이도 나도 적지 않은 상처를 받았지만 결과론적으로 현재 공부하게 되었으니 고마운 이들과 아픈 이들에게 힘을 실어줄 수 있는 사람들이 되자고 다짐했다.

그 날 이후 성준이는 나를 어머니라고 부르고 있다. 성준이의 몸은 날이 갈수록 약해지고 일상생활도 도움이 많이 필요하지만 대학원을 졸업하고 지금은 박사 논문을 준비하고 있다.

졸업 후 다른 친구들처럼 쉽게 활동할 수 있는 상황이 아니어서 안타까운 일들이 있지만 가끔씩 전화로 하소연도 위로도 하며 힘든 현실을 이겨내고 있다.

한국선교를 1년에 2번을 가면서 초등학교 사이트에서 친구를 찾게 되는 기쁨을 맛보았다.

"친구" 모두에게 있는 친구가 난 단 한명도 없다. 친구를 말하는 사

농인교회 예배 후 청년들과 함께

람이 부럽기도 했다.

그런데 친구 찾기를 통해 우연히 학교 친구를 만나게 되었다. 초등학교 때 함께 놀아본 적도 없는, 얼굴도 기억이 없는 친구들이 공항에 나와서 "춘애야, 하며 큰소리로 나를 불렀다.

그들은 평생에 가보지 못했던 놀이공원, 청계천, 남대문 등을 데리고 다녔다. 정말 내게 "친구"라는 이름을 준 초등학교 동창들이 고맙다. 이미 이 세상 사람이 아닌 영섭이가 보고 싶다.

36 장애인 캠프와 'Happy Day'의 행복

우리 '그레이스 랜드' 공동체는 1997년 찬양, 기도, 만남의 시간이란 주제로 캠프를 매년 1회씩 6회 동안 개최했다. 이 모임은 공동체의 모이는 모든 멤버들과 장애인 그리고 봉사자들이 2박 3일을 함께 지낸다.

봉사자들의 찬양 인도, 식사 제공, 장애인들의 수화 찬양은 모든 이들에게 감동이었고 서로의 아픔을 이해하며 알아가는 시간을 갖기도 했다.

특히 봉사자들은 자신들이 장애인들을 도우러 왔는데 오히려 자신들이 그들에게서 많은 것을 깨닫게 되었고 부끄럽기까지 했다며 귀한 시간에 함께 할 수 있어 감사하다고도 했다.

미국 내 선교활동은 교회 출석을 하지 못하는 사람들의 집을 방문하거나 교회 참석자들과 함께 예배를 드린다.

부모님들과의 상담, 장애인들의 상담, 교인들의 신앙상담, 예배를 위한 찬양 반주 등 내가 할 수 있는 모든 것은 다했다.

나를 필요로 하는 곳이라면 어디든 찾아가고 시간과 장소에 개의치 않고 활동을 해왔다.

장애인 선교회라는 명칭은 1980년부터 생겼다. 이민자들의 수가 늘어나면서 장애인의 수도 많아졌기 때문이다.

그 당시 한인교회에서 장애인 선교회를 이끄는 선교사는 나 혼자였으며 동양선교교회에서 장로님 가정이 자신의 아이들과 몇몇 다른 장애인들을 위해 주일예배를 드리는 것이 전부였다.

지금은 LA에 상당히 많은 장애인 선교회가 있다. 선교회는 각기 다양한 프로그램을 통해 신앙생활을 돕거나 이민생활에 적응하는데 필요한 도움도 제공하는 활동을 해오고 있다.

우리 '그레이스 랜드' 공동체는 1997년 찬양, 기도, 만남의 시간이란 주제로 캠프를 매년 1회씩 6회 동안 개최했다. 이 모임은 공동체의 모이는 모든 멤버들과 장애인 그리고 봉사자들이 2박 3일을 함께 지낸다.

봉사자들의 찬양 인도, 식사 제공, 장애인들의 수화 찬양은 모든 이들에게 감동이었고 서로의 아픔을 이해하며 알아가는 시간을 갖기도 했다.

특히 봉사자들은 자신들이 장애인들을 도우러 왔는데 오히려 자신들이 그들에게서 많은 것을 깨닫게 되었고 부끄럽기까지 했다며 귀한 시간에 함께 할 수 있어 감사하다고도 했다.

보람도 있었지만 아름다운 그들의 교제는 사랑으로만 가능했던 일이었기에 오랜 시간 그들의 삶에 기억되기를 기도했다.

이 캠프를 진행하면서 2000년도에는 큰 프로젝트를 기획했다. "Happy Day"라는 주제로 장애인들의 일일 여행 즉 일일 외출인 것이다.

외출이 자유롭지 않은 장애인 가족들과 함께 나들이를 가는 것인데 50명의 장애인이 여행을 떠난다고 하면 적어도 50명 이상의 봉사자가 필요하고 장애인 한 사람에게 가족이 함께 할 경우 2-3명이 더 추가되어 인원이 배로 늘어난다. 이 프로젝트는 4회를 진행했다.

1회는 기차여행, 2회는 스키 리프트, 3회는 샌디에고 Sea World, 4회는 바닷가 옆 넓은 공원에서 게임도 하고 마음껏 뛰놀도록 계획했

다. 많은 분들의 재정후원과 사랑의 수고가 없었다면 도저히 해 낼 수 없었던 일이었다.

50명 장애인 신청을 받고 1:1봉사로 100명이 넘는 인원이 매해 1회씩 4년 동안 진행된 이 계획은 정말 말대로 행복한 날의 여행이었다. 특히 2회째 스키 리프트는 나도 타보지 못한 거라 여름 비수기를 이용해 나를 비롯한 장애인 모두는 전원 리프트를 타고 즐거움을 만끽했다.

이 프로젝트를 계획부터 진행을 함께 했던 토기장이 교회 임경남 목사님은 그레이스 랜드에 오랜 시간 함께 해주었던 분이다.

그 당시 집사님으로 많은 시간을 봉사해 주었고, 찬양 CD를 만드는 데도 녹음, 편집을 직접 해주었고 찬양사역도 함께 하며 많은 재능을 선교사역에 쓰게 하신 하나님이 보내주신 귀한 분이었다.

Happy Day 참가자들이 모처럼 외출해서 즐거운 시간을 가지고 있다.

2002년 22년을 섬기던 은혜교회를 사임하고 독립선교회로서 지금까지 선교를 계속해오고 있다.

선교회에서는 정기적으로 토요일 모임을 갖고 장애인 자립생활을 돕기 위한 교육을 하고, 전혀 교육을 따라 올 수 없는 친구들은 부모님의 휴식을 위해 선교회가 돌보아주는 프로그램을 진행했다.

선교회는 기대할만한 교육적 효과를 얻지 못한다 해도 하루 동안 친구들과 다투기도 하고, 웃기도 하고, 봉사자들의 사랑을 받는 그 날을 기다리는 그들을 매주 맞이한다.

주일은 각자가 다니는 교회에 출석하고 나는 여전히 가정방문과 상담을 통해 전도를 하였다. 또한 선교회 장소에서는 주중 성경공부와 기도모임을 가졌고, 청소년(중,고등생) 신앙생활을 돕기 위해 금요예배도 드렸다.

큰아들과 작은 아들이 친구들과 찬양팀을 구성하여 찬양을 인도했고, 남편이 말씀 전한 후 아이들은 즐거운 교제시간을 가졌다.

두 아들이 대학에 갈 때까지 5년 동안 그 아이들과 함께 예배드렸다.

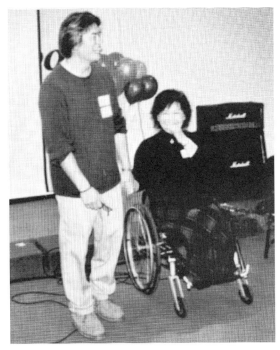

Happy Day 프로젝트를 계획부터 진행을 함께 했던 토기장이 교회 임경남 목사

37 두 아들의 고백에 행복합니다

작은 아들이 대학 2년 때 물었다. "왜, 아빠, 엄마는 하나님께 자신들을 올인하고 우리는 가난하게 살아야하는가? 사촌들은 다 하우스에서 자기 방에 컴퓨터를 놓고 사는데 아빠는 하나님 일을 안 하면 안 되느냐"고 속에 있는 울분을 터뜨렸다.
아이들이 표현하지 않았지만 부모가 둘 다 사역자로 장애인과 함께 하는 것, 경제적으로 충족되지 않는 것을 다 이해하리라 생각진 않았다. 그러나 둘째의 눈물로 털어놓은 마음은 부모로서 마음이 아팠다.

돌아보면 휠체어에 앉아 만삭으로 어떻게 살았는지, 아이들을 어떻게 키웠는지 나도 모르겠다.

친정어머니는 아버지가 편찮으셔서 산후조리를 해 주지 못하셔서 안타까워 하셨다. 남편과 나는 두 아이를 키우며 선교회 일을 했다.

그 때에 우리에게 가장 가까운 조력자인 언니는 언제나 우리 곁에서 필요에 따라 아이들을 돌보아 주었고 또한 친정식구들을 위해서도 자신을 기꺼이 희생했던 사랑하는 언니이다.

그 언니로 인해 우리가족은 모두 미국에 왔고 모든 식구들은 하나님의 은혜가운데 살게 하셨다.

언니는 고백한다. 하나님이 나를 통해 가족들을 미국으로 오게 하시고 하나님을 만나게 하신 것 같아 감사하다고.

나는 아이들을 키우며 한 번만 걸었으면 좋겠다는 생각을 한 적이 있다. 큰 아이가 3살 때쯤 갑자기 배가 아프다고 하는데 어딘가를 가

한국 교회 방문 집회 때 두 아들도 함께 연주했다.

는 도중이라 차를 돌렸다.

급하게 어린이 병원으로 향하면서 어떻게 아이를 데리고 빠른 시간 내에 병원 안에 들어갈 수 있을까?

뒷 자석에 있는 휠체어를 내려서 아이를 안고 휠체어를 밀어 언제 저 병원 안에 들어 갈 수 있을까? 생각하니 걷지 못하는 것이 못 견디게 아픔으로 다가왔다.

남편은 신학교에 있었고 작은 아이는 언니한테 맡기고 큰 아이만 데리고 가던 중이었다. 그렇게 가슴 조이며 병원 파킹장에 도착하니 아이가 "엄마, 나 이제 배 안 아파" 하는 것이었다.

그때 이후로 "하나님 아프고 힘들고 고통스러운 것은 나로 충분하니 아이들을 키우면서 급해서 병원에 뛰어가야 하는 일은 일어나지 않게 해 주세요" 참으로 간절하고 절실한 마음으로 기도하며 그리하실 것이라 믿고 살았다.

지금껏 33, 31살이 되도록 그 아이들은 어떤 사고도 위급함도 없이 잘 자라주었다.

아이들을 키우다보면 예기치 않게 병원을 가야하는 일들이 발생한다. 자식을 키우다보면 예측할 수 없는 일도 일어나는데 이 모든 것이 사람이 작정한다고 이뤄질 수 없을 것이다.

나를 긍휼히 여기신 하나님이 두 아들을 잘 자라게 해 주셨음을 믿는다.

중, 고등학교를 다니면서도 말썽 한 번 일으키지 않았던 아이들이 대학을 가게 되었고, 큰 아이가 샌디에고 주립대학(UCSD)을 가던 날, 큰 아들은 들떠 있었다.

그도 그럴 것이 자기 방 없이 늘 동생과 방을 같이 썼던 아들이 이제 자기 침대에서 자신만의 공간에서 친구들과 새로운 경험을 할 생각에 매우 흥분되었을 것이다.

그러나 집에 돌아온 우리 세 사람은 몇 시간 동안 텅 빈 큰 아이의 빈자리를 각자의 방법대로 말없이 채워가려 애쓰고 있었다.

너무나 허전한 마음을 주님 앞에 내려놓으며 눈물을 흘리고 있는데 순간 내 가슴에 무언가가 꽉 차는 느낌을 갖게 되었다.

아이와 몸은 떨어져있으나 그 아이를 향한 나의 사랑이 하나님이 나를 사랑하시며 영원히 함께 하시는 것처럼 내 안에 채워지고 있음을 깨달았다.

동시에 집안 곳곳에, 나의 마음에 주님이 어느 곳에나 같이 계시듯 아이도 그냥 우리와 함께 있었다. 그렇게 학교생활을 시작한 아들은 일 년 내내 단 하루도 빠지지 않고 안부전화를 했다.

2년째도, 학교를 마칠 때까지 부모에게 안부하는 것을 쉬지 않고 했다. 공부하면서 친구들에게 신앙생활을 협력하고 캠퍼스 전도활동도 부지런히 하면서 무사히 학교생활을 마쳤다.

졸업 후 아이는 필랜에 찾아와 처음으로 부탁을 했다. 그것은 학교에 남아서 사역을 하겠다고 하는 것이다.

축복된 길이나 이제 22살 된 아들이 힘든 길을 가겠다니 나의 마음은 애잔했다.

몇 년 후에 하면 안 되겠냐는 말에 아들은 "나도 그렇게 생각했는데 그 시간을 바꾸어 지금 했으면 한다"고 말했다.

특히 "엄마가 이 길이 어떤 길인지 알고 있기 때문에 걱정하는 거 아는데 허락해 달라"고 했다.

우리 부부는 목사, 선교사로서가 아닌 부모로서 아이의 마음을 존중하고 축복하며 기도했다.

대학교 내내 용돈 한번 주지 못했는데 졸업선물로 큰 돈 500불을 주었더니 "돈 보다 허락해준 것이 더 기쁘다"고 웃음 짓던 아들의 모습을 오늘도 기억한다.

이러한 우리 부부의 마음을 하나님은 어찌 보셨을까? 아들 예수를 이 땅에 보내신 창조주, 구속자이신 하나님의 마음을 아들을 통해 묵상해본다.

2년 후 작은 아들이 형과 같은 지역에 대학을 갔다. 샌디에고 스테이트 유니버스티(SDSU)에 입학한 둘째를 기숙사에 보내고 돌아오는데 "엄마, 울지 마, 내 걱정 하지 마" 라고 한다. 애써 참고 있던 눈물을 아들의 말로 쏟아내고 말았다. 둘째는 엄마에 대한 생각이 남달랐다.

유난히 독립심이 강한 아들은 나에 대한 집착도 컸고, 어려서부터 세뱃돈을 모아 나에게 선물을 해주곤 했다. 특별히 남을 배려하고 장애인들을 보면서 아픔이 컸다.

왜, 저들은 장애인이 되어야하나? 난 이렇게 건강한데 ….등 질문도 많다. 큰 아이는 마음에 그러한 감정들을 묻고 잘 표현하지 않았지만 아픈 사람들에 대한 고통을 느낄 때는 밥도 잘 먹지 못했다.

작은 아들이 대학 2년 때 물었다. "왜, 아빠, 엄마는 하나님께 자신들을 올인하고 우리는 가난하게 살아야하는가? 사촌들은 다 하우스에서 자기 방에 컴퓨터를 놓고 사는데 아빠는 하나님 일을 안 하면 안 되느냐"고 속에 있는 울분을 터뜨렸다.

아이들이 표현하지 않았지만 부모가 둘 다 사역자로 장애인과 함께 하는 것, 경제적으로 충족되지 않는 것을 다 이해하리라 생각진 않았다. 그러나 둘째의 눈물로 털어놓은 마음은 부모로서 마음이 아팠다. 어렸을 때는 하나님이 좋으신 분이었는데 오히려 환경에 의해 하나님을 오해하며 상처받을까 그것이 염려되었다.

큰 아들은 4년간 캠퍼스 전도활동과 교회 협력을 마치고 지금은 직장생활을 하고 있고, 작은 아들도 대학 졸업 후 직장을 가져 두 아들이 지극히 평범한 생활을 하고 있다.

그러나 두 아들은 자신들에게 주신 하나님의 비전을 이루어가기 위해 계획하며 기도하면서 그날을 위한 준비를 쉬지 않고 있다.

두 아들의 고백으로 우리 부부는 너무나 행복하고 지금도 행복한 일이 있다.

두 아들은 같은 고백을 한다.

사랑의 가정을 주신 하나님 감사합니다. 우리 집 하트 액자에 있는 사진에서 내가 너무 행복한 모습이라고 한다.

"엄마, 아빠 우리를 잘 키워주셔서 감사합니다. 가난하게 장애인 선교하는 부모님이 이해하기 어려웠지만 이제는 다른 사람들, 심지어 친구들도 이해할 수 없는 세계를 경험할 수 있게 된 것에 감사합니다. 부모님들이 모든 걸 다 공급해 준 아이들이 어려움을 잘 대처할 수 있을까 오히려 걱정됩니다. 엄마, 아빠가 자랑스러워요"

두 아들의 고백을 듣는데 하나님의 은혜가 너무 커서 마음이 벅찼다.

6부

카네기 홀에 서는
장애 피아니스트

38 꿈의 카네기 홀에 서다

지난날의 내 삶을 보아도 꿈, 소망은 거리가 먼 것이었다. 수식어처럼 따라다녔던 장애인, 장애인이 된 날 이후, 만약 내가 그날에 머물러서 그것이 나의 삶이려니 운명이라 포기했더라면 지금도 여전히 누군가의 도움을 받아야하고 피해를 주며 살았을 것이 분명했다.
장애와 나이를 극복하고 꿈의 무대인 카네기 홀에 선 나를 보고 "할 수 없다, 난 안돼"라고 포기하지 말고 꿈을 향해 도전하는 소망과 용기를 갖기 바란다.

오는 2024년 11월 25일, 나는 꿈에도 생각해보지 못했던 뉴욕 카네기 홀(Carnegie Hall)에서 연주하게 된다.

세계적인 음악가들이 선망하는 무대에서, 젊지도 않고 69세 장애인인 내가 피아노를 연주하게 되었으니, 정말 상상도 못했던 영광스러운 일이다.

정말 하나님께서 나의 마음의 소원을 아시고 사랑으로 베풀어주신 은혜이다.

어릴 적 소아마비로 초등학교 교육만 받았고, 피아노를 배우려 해도 발에 힘이 없어 페달을 밟지 못하는 이유로 다른 악기를 배우는 것이 더 나을 거라며 피아노 레슨을 거절당했다.

그런 내가 대학원 피아노과를 졸업하고, 이제는 많은 사람들이 꿈꾸는 카네기 홀에서 연주하게 되었으니, 내 인생에는 계획하지 않았던 일이 또다시 펼쳐졌고 이 일로 많은 장애인뿐 아니라 삶이 힘든 이들에게 꿈을 꾸게 할 수 있을 것 같아 기쁘다.

꿈의 무대 카네기 홀

뉴욕 카네기 홀은 세계에서 가장 유명하고 권위 있는 공연장 중 하나로, 클래식 음악을 비롯한 다양한 장르의 음악 공연이 열리는 곳이다.

1891년에 뉴욕시 맨해튼에 세워졌으며, 러시아의 작곡가 차이콥스키(P. I. Tchaikovsky)의 지휘로 개관 공연이 열린 카네기 홀은 미국 철강 재벌인 앤드류 카네기(Andrew Carnegie)의 후원으로 건립되었다. 뛰어난 음향 구조로 유명한 카네기 홀은 전 세계 음악가들이 데뷔 무대로 삼고 싶어하는 공연장으로, 이곳에서 연주하는 것은 음악가로서의 커리어에 큰 명예로 여겨진다.

또 카네기 홀은 단순한 공연장이 아니라 예술적 성취의 상징으로, 전 세계 음악 애호가와 공연자들에게 깊은 존경을 받는 장소이다.

내가 카네기 홀에서 연주할 수 있게 된 것은 2023년 8월 6일, IAPMT에서 주관한 International Music Performance Exam Certification 2023 대회에서 그랜드 프라이즈(Grand Prize)를 수상했기 때문이다.

아주사 대학원의 Andrew 박 교수님의 소개

IMPEC 대회
그랜드 프라이즈 상패

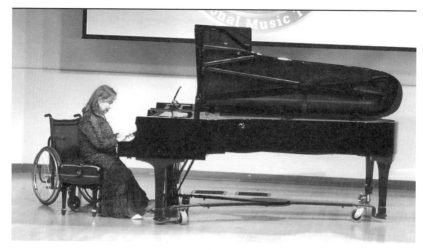

최춘애 선교사가 IMPEC 대회에서 연주하고 있다.
이 대회에서는 최고상인 그랜드 프라이즈를 수상했다.

로, 나는 "Concours International 2023 Disabilities Competition"
에 참가해 모차르트의 소나타 K.333 3악장(Bb Major, 3rd
movement)을 연주했다. 감사하게도 최고상인 '그랜드 프라이즈'를
수상했고, 부상으로 전자 피아노를 받았다.

IAPMT(국제 전문 음악 교사 협회)에서 주관하는 이 대회에서 수상
자들은 증명서, 메달, 상금, 장학금을 받게 된다.

특히 대상 수상자는 오케스트라와의 협연 기회를 얻고, 세계적인 음
악가가 지도하는 마스터 클래스에도 참여할 기회도 제공되는데 이번
대회 수상자들은 2024년 11월 24일부터 25일까지 카네기 홀에서 연
주할 기회를 얻었으며, 나는 25일(월)에 연주하게 된다.

카네기 홀에서는 나보다 더 큰 장애를 가진 피아니스트들도 연주한
사례가 있어 감동을 주었다.

그들의 노력과 재능은 음악계에 큰 영감을 주고 있다. 린지 베네딕

트(Lindsay Benedict)는 손가락과 팔이 거의 없는 선천적 장애를 가졌지만, 특수 제작된 보조 장치를 사용해 피아노를 연주했다.

러시아 출신의 알렉세이 로마노프(Alexei Romanov)는 손가락이 없는 장애를 가지고 태어났음에도, 팔꿈치와 몸의 다른 부분을 사용해 독창적인 연주 기술을 개발하여 성공적인 공연을 펼쳤다.

손가락이 없는 장애를 가지고 태어난
러시아 출신 알렉세이 로마노프가 피아노를 연주하고 있다.

카네기 홀에서 연주한 한국인이나 미국에 거주하는 한인들도 많지만, 장애 여성 피아니스트에 대한 기록은 적은 것 같다.

더구나 나의 신체 조건으로는 원활하게 연주를 할 수 있는 것도 아니고, 적지 않은 69살의 나이로 카네기홀 피아노 연주자로 기록될지 모르겠지만 그 의미가 크다고 본다.

만약 내가 이러한 기록을 세운다면, 어떠한 환경의 삶을 살고 있던지 간에 꿈을 꾸는 것은 내가 갖는 것이므로 꿈에 대한 도전은 해볼 만하다고 외치고 싶다.

꿈은 아무런 수고 없이 이루어낼 수는 없다. 또한 꿈이란 허황된 것을 꾸는 것이 아니다. 삶이 좌절되고 낙심되어 현실적으로는 이루어갈 수 없는 것을 차근히 한 계단씩 도전하여 그 삶을 의미 있게 할 수 있는 것이 꿈이라는 매개체이라고 생각한다.

지난날의 내 삶을 보아도 꿈, 소망은 거리가 먼 것이었다. 수식어처럼 따라다녔던 장애인, 장애인이 된 날 이후, 만약 내가 그 날에 머물러서 그것이 나의 삶이려니 운명이라 포기했더라면 지금도 여전히 누군가의 도움을 받아야하고 피해를 주며 살았을 것이 분명했다.

장애와 나이를 극복하고 꿈의 무대인 카네기 홀에 선 나를 보고 "할 수 없다, 난 안돼"라고 포기하지 말고 꿈을 향해 도전하는 소망과 용기를 갖기 바란다.

누구나 꿀 수 있는 꿈, 장애인과 비장애인의 차이는 신체적으로 불편함을 갖거나 불편함이 없는 것이다. 그렇다면 꿈은 모두가 꿀 수 있고 이룰 수 있는 희망의 원동력이 될 것이다.

1살에 소아마비로 장애를 가진 내가, 6살에 피아노를 배우기 시작해 마침내 꿈에 그리던 카네기 홀에서 연주를 하게 되었다.

하나님께서 나를 그 날에 머물러 있지 않게 하셨고, 죽을 만큼 힘든 자리에서도 무언가를 끊임없이 이루고 싶은 열망과 욕심이 계속해서 앞을 향하여 나가게 했다.

그것은 하나님의 손길이었음을 느끼며 무한 감사를 드린다.

39 피와 땀과 눈물의 연습

음악가들이 연주하고 싶어 하는 꿈의 무대인 카네기 홀에 내가 설 수 있는 이유는 무엇일까?
"카네기 홀에 가는 방법" ("How do you get to Carnegie Hall?"이라는 유명한 말이 있다. 물론 농담일 수 있지만 그 정답은 "Practice, practice, practice!") 이다.
카네기 홀에 가려면 그만큼 수많은 연습과 연습을 해야만 갈 수 있을 정도로 어렵다는 뜻으로 그 명성을 대변하는 대표적인 말이다.
이 말처럼 나도 뒤돌아보면 69년 평생 쉬지 않고 피아노 연습과 연습을 했다.
더구나 장애로 페달을 밟는 것이 자유롭지 못하니 연습은 몇 배나 더 해야 했고 많은 시간이 걸렸다.

음악가들이 연주하고 싶어 하는 꿈의 무대인 카네기 홀에 내가 설 수 있는 이유는 무엇일까?

"카네기 홀에 가는 방법" ("How do you get to Carnegie Hall?"이라는 유명한 말이 있다. 물론 농담일 수 있지만 그 정답은 "Practice, practice, practice!") 이다.

카네기 홀에 가려면 그만큼 수많은 연습과 연습을 해야만 갈 수 있을 정도로 어렵다는 뜻으로 그 명성을 대변하는 대표적인 말이다.

이 말처럼 나도 뒤돌아보면 69년 평생 쉬지 않고 피아노 연습과 연습을 했다.

더구나 장애로 페달을 밟는 것이 자유롭지 못하니 연습은 몇 배나 더 해야 했고 많은 시간이 걸렸다.

레슨을 거부했던 첫 선생님 말대로 바이올린을 했더라면 이렇게 힘들지는 않았을 텐데" 하면서도 피아노를 선택한 것에 단 한 번도 후회하지 않았다.

그랬기에 쉬지 않고 연습, 연습을 거듭했다. 남보다 많은 연습과 왼발로 밖에는 페달을 밟을 수 없어 뒤틀린 자세로 연습하다 보면 눌리는 엉덩이에 피멍이 든다.

그래도 참 행복했고 할 수 있음에 땀과 눈물의 연습을 가능하게 한 것 같다.

한국에서는 두 번째로 만난 숙대 출신 피아노 선생님으로부터 10년 동안 배웠는데 대곡도 많이 배웠다. 당시는 혼자 악보 보고 독학으로

1981년 첫 번째 자선피아노 독주회

연습을 했다.

미국에 와서는 교회 피아노 반주를 위해 연습을 했고 장애인 사역을 할 때는 자선 음악회 독주회를 하기위해 백인 선생님에게 피아노 개인 레슨을 받았다.

미국에 와서는 26살인 1981년 처음 피아노 독주회를 개최한 이래 84년, 85년, 2000년, 2005년 등 5번 독주회를 가졌다.

은혜교회에서 성가대 지휘자인 윤민제 장로님은 박인옥 권사님을 소개해주셨고 오랜 시간 권사님에게 레슨을 받았다.

지속적인 레슨은 못 받았지만 독주회 때마다 많은 것을 가르쳐 주셨고 선교하시는 마음으로 무료 레슨도 해주셨다.

특히 아주사 대학원에서 피아노 석사학위 공부를 하면서 피아노 실력은 향상 되었다고 본다. 유일한 한인 앤드류 박 교수님은 정말 많이 지도해주셔서 감사하다.

그러니까 피아노를 1/3은 선생님에게서 2/3은 독학으로 공부하고 연습한 셈이다.

뒤돌아보면 26살인 1981년 11월8일에 신체장애자를 위한 자선 피아노 독주회를 'Wilshire Ebell Theater'에서 나성 영락교회 후원으로 처음 개최했다.

그때 독주회의 팜프렛을 지금도 소중히 간직하고 있고 그날 공연도 생생하다.

나성영락교회 담임 김계용 목사는 "올해는 신체장애인의 해이다. 최춘애 양은 자신이 신체장애자의 인생고를 겪으면서 다른 장애자들을 돕고자 연주의 수입금을 전부 시각장애자의 개안 수술과 기타 여러 장애자들을 위하여 주고자 하는 것이다.

이것은 선한 행위요. 아름다운 마음이다. 주님의 마음과 행동의 표현이기도 하다. 나는 최 양의 아름다운 마음과 선한 행동에 눈물이 나도록 감동을 받으며 감사하고 있다. 우리 모두 최 양 하는 일에 적극 협력해야 옳지 않겠는가?" 축하 인사를 했다.

이때는 W.F Bach의 Jesu, Joy of Man's Desiring을 비롯해 Mozart의 Sonata in a Minor K. 310, 베토벤, 리스트, 쇼팽 Nocturne in C #Minor Op.27 No 7 ,베토벤, 리스트 곡 등 클래식을 연주했다.

2000년 4월 은혜 한인교회에서 그레이스 랜드 주최로 '최춘애 선교사 피아노 독주회'를 개최했다.

제2회 최춘애 자선 음악회는 84년 11월 24일 은혜한인교회 대강당에서 열렸다. 전 수익금을 시각장애자 개안 수술과 나병환자 치료, 장애인 시설에 전달되었다.

제3회 자선 피아노 독주회는 85년 11월 16일 은혜한인교회 대강당에서 열렸다. 이 때는 "오 놀라운 구세주", "내 주를 가까이"

등 피아노 독주와 플룻 최정미, 트롬본 김경환, 소프라노 박미애, 바리톤 최덕식씨의 찬조출연도 있었다.

2000년 4월29일에는 은혜 한인교회에서 그레이스 랜드 주최로 '최춘애 선교사 피아노 독주회'를 개최했다.

LA 기독교 방송국이 후원한 독주회에 대해 은혜 한인교회 김광신 목사는 축사에서 "찬양은 음악이 아닙니다. 음악을 빌린 우리의 신앙고백이다."라며 "최춘애 선교사는 소아마비로 하반신을 쓰지 못하지만 약 22년 전에 예수님을 영접하고 영의 눈을 뜬 후 누구보다도 주님을 사랑하며 주님을 기쁘시게 하기를 원하는 사람" 이라고 말했다.

또 "그녀가 불편한 몸을 이끌고 약 18년 동안 장애인들을 위한 선교활동에 전념해 온 것으로 알 수 있다"며 "이번 피아노 독주회는 그의 음악적인 기량뿐만 아니라 그 속에 담긴 주님을 향한 그의 사랑과 헌신이 담겨 있어 큰 은혜와 축복이 될 줄 믿는다"고 축하했다.

윤민제 장로는 "장애인 선교사로서의 최춘애란 이름이 널리 퍼져가고 있는 동안 피아니스트로서의 최춘애란 이름은 점차 잊혀져 가고 있었다"며 오늘 용기와 집념을 가지고 다시 피아니스트의 이름으로 여러분들을 맞이하게 되었다"고 말했다.

특히 "강철을 둘러싸고 있는 나무상자인 피아노는 말을 한마디도 할 줄 못하지만 피아니스트 최춘애 선교사의 내면 깊은 곳에서 흘러나오는 영의 언어로 그가 만난 참 하나님과 그분의 깊으신 사랑을 여러분의 영에 분명하게 전달할 것"이라고 강조했다.

또 "피아노 페달을 자유롭게 밟기도 어려운 그의 몸이지만 비상한 노력으로 이를 극복하는 강한 의지력도 함께 전달될 줄 안다"고 축하

했다.

이 연주회에서는 A.J Gordon의 "내 주되신 주"를 비롯해, Lowell Mason "내주를 가까이" 등 성곡 12곡을 연주했다. 김은희 바이올린, 김은지 Violoncello 협연도 있어 매우 따뜻한 분위기였고 많은 박수 갈채를 받았다.

'가라! 모세' 곡에서는 이색적으로 신디사이저로 김양일 집사가 편곡해 협연하는 이색적인 피아노 연주도 있었다.

2005년 4월22일에는 은혜한인교회 본당에서 그레이스 랜드 창립 6주년 기념예배 및 음악회를 개최했다.

은혜 한인교회 한기홍 목사님은 "최춘애 선교사님은 장애인으로서 이민 교회에서 가장 오랫동안 장애인 사역을 해 오신 사역자 중 한 분"이라며 "하나님의 은혜를 체험하신 후에 자신이 받은 은사를 통하여 신체가 불편한 형제자매들에게 복음을 전하며 헌신적으로 선교하신 귀한 종"이라고 축하했다.

또 "이번 음악회를 통하여 우리 주위에 소외되어 있는 장애를 가진 자들을 위에 기도하며 관심과 사랑을 가질 수 있는 기회가 되길" 바랐다.

아주사 대학원에서 피아노 공부를 할 때는 앤드류 박 교수님이 참으로 많은 지도를 해주셨다.

이전에 장애인 학생들 레슨 경험도 있고, 입시생도 여러 명 지도하신 경험이 있어 참 편안한 가운데 레슨을 받았다.

가끔씩은 "혹이라도 암보(악보를 보지 않고 하는 것)가 잘 안되면 살짝 책 펴고 하라고" 나이 많은 학생을 배려해주시는 위트있는 박사님이며 믿음의 사람이다.

"아니요, 그냥 끝까지 암보로 하겠습니다" 라고 그 선생님의 학생으로 배려를 사양하며 정말 즐겁고 행복한 레슨을 받았다. 덕분에 실기 시험 때마다 암보로 연주했고, 좋은 성적으로 장학금을 계속 받을 수 있었다.

대학원 졸업 연주는 솔로와 듀엣 등 한 시간이나 연주를 해야 했는데 이 모든 것은 정말 연습에 연습을 거듭한 결실이었던 것 같다.

40 하나님의 인도하심을 기대하며

뒤돌아보면, 나는 한 자리에만 머물지 않았다. 만약 1살 때 소
아마비 장애인이었던 내가 그 자리에만 머물렀다면, 지금도
원망과 좌절 속에 갇혀 있었을 것이다.
하지만 하나님은 나를 그 자리에서 건져 주셨고, 비록 고난과
시련이 있었지만 계속 앞으로 나아가도록 이끌어 주셨다.
이것을 인간승리라고 말하는 사람도 있지만 이 모든 것은 다
하나님의 섭리였고 역사였고 은혜였다.

대학원에서 피아노과를 졸업하고, 카네기 홀에서 연주하는 기회를
얻었지만, 아직 나에게 주어진 사명이 많이 남아 있다고 생각한다.

지금까지 하나님께서 앞서 인도해 주셨기에 앞으로도 하나님이 어
떻게 이끄시고, 어떤 일을 맡기실지 기대가 된다.

대학원을 졸업하니 어떤 분들은 이제 나이도 있으니 대학교수가 되
어 제자들을 양성하며 편안한 여생을 즐기라고 권하기도 한다.

그러나 앞으로도 편안한 삶보다는 여전히 진행 중인 장애인을 위한
케어 홈 마련, 장애인 후원 장학금 지급, 장애 음악인 발굴 후원 등 장
애인들을 위한 사역을 계속할 예정이다. 이를 위해 내년에 장애인 후
원을 위한 독주회를 한국과 미국에서 열고 싶은 간절함이 있다.

1978년에 한국을 떠날 때 제자들에게 "내가 성공해서 피아니스트
로, 사회사업가로 돌아올게"라고 원대한 계획을 말했다.

초등학교 교육만 받은 내가 이제 대학원을 졸업하고 카네기 홀에서
연주를 하게 되었으니 피아니스트로서 어느 정도 성공한 것 같지만,

아직 성공한 사회사업가는 되지 못했다.

그래서 선교사로서 성공한 나는 한국에 돌아가 그들에게 음악으로 말해주고 싶다. "삶이 어렵지 않은 사람은 없다. 어쩔 수 없는 상황에 처해있어도 자신의 인생에 대해 선택할 기회와 자유는 있으니 용기를 내어 꿈을 꾸라"고 그들에게 소망과 용기를 전하고 싶다.

특히 미국과 한국을 넘어 전 세계를 다니며 지금까지 인도해 주신 하나님의 사랑과 은혜를 전하고 싶다.

뒤돌아보면, 나는 한 자리에만 머물지 않았다. 만약 1살 때 소아마비 장애인이었던 내가 그 자리에만 머물렀다면, 지금도 원망과 좌절 속에 갇혀 있었을 것이다. 하지만 하나님은 나를 그 자리에서 건져 주셨고, 비록 고난과 시련이 있었지만 계속 앞으로 나아가도록 이끌어 주셨다.

이것을 인간승리라고 말하는 사람도 있지만 이 모든 것은 다 하나님의 섭리였고 역사였고 은혜였다.

지금도 많은 사람들이 낙심하고 좌절하여 죽을 마음까지 가졌던 나의 과거 같은 위치에 있을 것이다. 그러나 자신의 삶, 혹은 장애를 원망만 하기보다는 현실을 받아들이고 하나님께 인도해 주실 길을 구할 때, 하나님은 언제나 밝고 좋은 길로 이끌어 주실 것이라 믿는다.

아브라함은 75세에 고향을 떠나 믿음의 조상이 되었고, 모세는 80세에 출애굽을 했으며, 갈렙은 85세에 "이 산지를 내게 주소서"라고 하나님께 외치고 땅을 정복하였다.

내년이면 나도 70세가 된다. 그러나 나이와 상관없이 하나님의 사명을 이루었던 성경의 인물들을 보며, 나도 하나님께서 맡겨주신 사명을 완수할 그 날을 기대하며 계속 노력할 것이다.

"힘이 되어주신 모든 분들께
깊은 감사와 사랑을"

책을 발간하기에는 개인적으로 부끄럽고 크게 내어놓을 만한 일들이 없기에 망설이는 나에게 하나님이 하신 일들을 묻어 두지 말고 나누어야한다고 권면했던 분들에게 감사의 마음을 전하고 싶습니다.

마음을 결정하니 책을 발간할 수 있도록 모든 것이 준비되어 있음을 알게 되었습니다.

그동안 선교회를 후원해주신 참 많은 분들이 기억납니다. 잠시 스쳐지나간 만남, 수십 년의 인연을 이어온 만남, 이 만남의 결과로 오늘을 맞이하게 되었습니다.

결코 혼자 이룰 수 없는 일이었습니다. 그 분들의 물질과 시간, 봉사가 있었기에 오늘을 가능케 한 것입니다.

지면으로나마 함께 해주신 모든 분들께 진심으로 감사의 마음을 전합니다.

나를 언제나 내 동생, 내 언니하며 위해 준 오빠, 언니, 여동생들에게도 감사의 마음을 전합니다.

나의 사랑하는 남편은 "험한 세상 다리가 되어"(Bridge Over Troubled Water)를 부르며 결혼하자고 하더니 35년 동안 묵묵히 내 곁에서 다리가 되어주었고, 엄마를 언제나 응원해주며 함께 해준 두 아들에게도 감사의 마음을 전합니다.

책이 출간되기까지 물심양면으로 힘이 되어주시고, 응원해주신 모든 분들께 깊은 감사와 사랑의 마음을 전합니다.

한국에서도 책 발간을 기대하며 기쁨으로 후원해 주시는 모든 후원자들께도 감사의 마음을 전하며 다시 한번 모든 선교회 회원과 후원자님들께 감사의 인사를 전합니다.

하나님께서 맡겨주신 장애인 선교회는 꿈을 이루는 그 날을 향해 계속 앞으로 나아갈 것입니다.

지속적인 관심과 기도를 부탁드립니다.

하나님이 이 모든 일을 앞서 행하시고 이루셨습니다. 모든 영광을 주님께!! 감사합니다.

나는 그날에 머물러 있지 않았다

"나는 그날에
머물러 있지 않았다"

| 인　쇄 | 2024년 10월 05일
| 발　행 | 2024년 10월 10일

| 지은이 | 최춘애
| 발행인 | 채명희

| 발행처 | 가온미디어
　　　　　전주시 완산구 충경로 32(2층)
　　　　　전화_(063)274-6226
　　　　　이메일_ok.0056@hanmail.net

값 20,000원

ISBN 979-11-91226-24-9